Sömmerweg un völ anner Vertellsels

Anne Korporal

Sömmerweg un völ anner Vertellsels

Sömmerweg un völ anner Vertellsels

Inhaltsverzeichnis

Seite

Texte:
Anne Korporal

Zeichnungen:
Sabrina Diehl

Druck:
Siebe Ostendorp Druck GmbH, 26817 Rhauderfehn

Anne Korporal

1944 in Holtland, Kreis Leer/Ostfriesland geboren, jetzt wohnhaft in Westoverledingen.

Mit 46 Jahren hat sie einen Pflegeberuf erlernt und 16 Jahre als Altenpflegerin in einem Altenheim gearbeitet.
Seit 1998 schreibt sie Kurzgeschichten und Prosa in Hoch- und Plattdeutsch.

In einem zweijährigen Fernstudium hat sie Belletristik mit abschließendem Zertifikat absolviert.

An einem Weihnachtsbuch ostfriesischer Autoren hat sie mitgewirkt.

In ihrem dritten Buch sind wieder heitere und nachdenkliche Geschichten und Gedichte zusammengefasst. Sie sind zum Lesen und Vorlesen gut geeignet.

Ihr ist wichtig, dass das Plattdeutsch erhalten bleibt, deswegen ist alles auf „platt" geschrieben.

Völ Glück un Segen in ´t neei Jahr!

In mien Kinnertied sünd mien ollste Süster un ik elke Jahr an de eerste Januar na uns Oma un Opa henlopen, üm hör „Neeijahr oftowinnen", so heetde dat. Se weern de Ollen van mien Mama un wohnden annerthalv Kilometer van uns weg.

Wi sünd denn in elke Huus ringahn, dat heet, dor stunnen blot seß un hebben uns Sprök „Völ Glück un Segen in ´t neei Jahr" upseggt. Wi kregen denn een Neeijahrskook un Saft to drinken.

Tegen Middag sünd uns Ollen denn mit Rad ok na uns Oma un Opa henkomen.

All mitnanner hebbt wi dor denn Middageten. De Ollen hebben denn noch Tee drunken.

Bevör dat düster weer, sünd mien Süster un ik binnendör över de Wallen weer na Huus henlopen.

Üm een Stee mussen wi avers een groot Dreih maken. Mien Opa see, dat dor een Panzerfaust ut tweede Weltkrieg liggen dee.

Elke Maal, wenn wi binnendör na mien Oma un Opa hengungen, kregen wi dat to hören.

Dat „Neeijahr ofwinnen" van fröher gifft dat nu nich mehr.

Nu lopen de Jungen mit ´n Handwagen an Straten langs un hebben hör Kuur, Beer un Musik bi sük. Man na Oma un Opa lopen se nich hen.

Ik denk geern an disse Dag torügg, wor se all an Tafel satten.

Up Schöfels!

Vandaag, Kinner, willt wi ´t wagen,
vandaag mag dat Ies woll dragen.
Dorüm los, well lopen kann,
Mütze up un Schöfels an.

O wat moi, sük so to wegen,
nett as Swaalvkes hentoflegen,
up un of in Sünnenstrahl;
blank dat Ies un blank de Stahl.

Müllers Max un Schneiders Fritz,
mit de witte Pudelmütz,
wo se sweven un sük dreih´n.
Hebbt ji sowat al maal sehn?

Hoog dat Been un köhn de Bogen,
komen se heran nu flogen.
Een - twee - dree - un as een Blitz;
bums, dor liggt de Schneiders Fritz!

Dat harr noch lepe kunnt

An de eerste kolle Winterdag weer dat dör een Iesregen spegelglatt, man Anke harr dor nich up acht!
An disse Sönndagmörgen wull se kieken, of de SönndagsReport al in de Postkasten steken dee. Un so gau as alltied leep se dorhen.
Ssst; do lagg se ok al. Se hett sük ümkeken, of dat ok een sehn harr! Man se sach nüms. Elk wüss seker, dat dat glatt weer un hett sien Nös in Huus hollen!
Up all veeren, ne dreen, ümdat se hör linke Arm nicht bruken dürs, is se sacht na de Huusdör henkropen.
Hör eerste Gedank weer, dat se in ´t Krankenhuus muss. Mit de rechte Hand hett se de Saken torecht leggt, för de Fall, dat se dor blieven muss. Ut Erfahrung wüss se, dat Mannlü noit dat finnen, wat man hebben much!

Hör Mann hett hör na ´t Krankenhuus henbrocht. Lang bruukden se nich wachten, do weer se al dran. Bi ´t Röntgen hebb se een glatte Brök heel boven in de linke Arm faststellt.
Se bruukde nich dorblieven. Een Pfleger kweem mit ´n Orthese rin, de üm hör Buuk mit ´n Klettverschluss fastmaakt wurr. Ok de linke Arm un de Hand sünd dör een Klettverschluss stillleggt worden, de sull se möglichst nich bewegen.
Dorna muss se noch na de Doktor hen, de hör dat Röntgenbild verklaart hett.
„Weer ik man nich na buten gahn, of harr up Straat keken, denn harr ik ja sehn, dat dat glatt weer", see se tegen de Pfleger.
„Hätte, hätte, Fahrradkette", see he do blot. Is ja ok so, achterna kakeln Hohner.
De Doktor see: „Se könen na Huus hengahn, man de Arm mutt veerteihn Daag Roh hebben, denn mutt de weer röntgt worden."
He hett hör noch dree Tabletten tegen Pien mitgeven un do kunn se weggahn.

Anner Dag muss se na hör Huusdoktor. Se hett hüm ´t all vertellt un dat hör de Arm de lesd Nacht trotz de dree Tabletten heel leep sehr doon harr.
Do hett he hör starkede Tabletten tegen de Pien upschreven.
As se tegen hüm see, dat se noch Glück hat harr, se harr sük ja ok de Hüfte, een Been of de rechte Arm breken kunnt, meende he: „So kann man dat ok sehn!"
Un dat is ok so, se harr nu noch een Arm, mit de se wat doon kunn un to´n Glück noch de rechte!

Dat harr noch lepe kunnt!

Dat moje Vörjahr

Nu fangt dat moje Vörjahr an
un alles fangt to bleihen an,
up gröne Heid un överall.

Dor bleihen Blömkes up dat Feld,
se bleihen witt, rood, blau un geel;
dat gifft nix Mojerdes up disse Welt!

Nu gah ik över Barg un Tal,
dor hör ik al de Nachtigall;
up gröne Heid un överall.

De eerste Sünnenstrahlen

Nu is dat al weer so wied,
Vörjahr is de weer.
Wi sünd all van Harten blied,
elk de geiht to Kehr:

Maakt sien Tuun weer moi up Stee
un deit Blömen sai´n,
elk un een de is tofree,
deit sük blot noch frei´n

an de warme Sünnenschien
un de lange Dagen.
Harr man anners ok woll Pien,
nu kann man dat dragen!

Wenn ´t ok maal wat tusterg is,
wi hebbt ja noch April,
dat word warmer, dat is wiers;
un denn gifft dat wat van ´t Grill!

De Jung up d´ Ies

Een paar Dage hett ´t al fror'n,
man Ies is noch nich fast.
Een Jung, de steiht an Kant
van d´ Drinkeldobb, seggt sacht:
„Ik will dat eenmaal wagen,
dat Ies, dat mutt doch dragen;
hollt sachst*!“

De Jung, he stampt un hackt
dor mit sien Stevels in.
Dat Ies up eenmaal knackt,
un zack; dor breckt he in.
Dat Jungske planscht un krabbelt,
un as een Krebs he zappelt
mit Arms un Been!

„Helpt mi, ik gah unner,
in all dat Ies un Sneei;
helpt mi, ik gah unner,
in disse depe See!“
Weer nu de Mann nich komen,
de sük een Hart hett nomen.
O weh!

De packt hüm an bi d´ Schopfe
un truck hüm dor herut;
van Foten bi na d´ Kopp hen,
natt as een Watermuus.
De Jung wull sük verhalen;
Vader dee hüm versohlen,
to Huus!

* *sachst = hoffentlich*

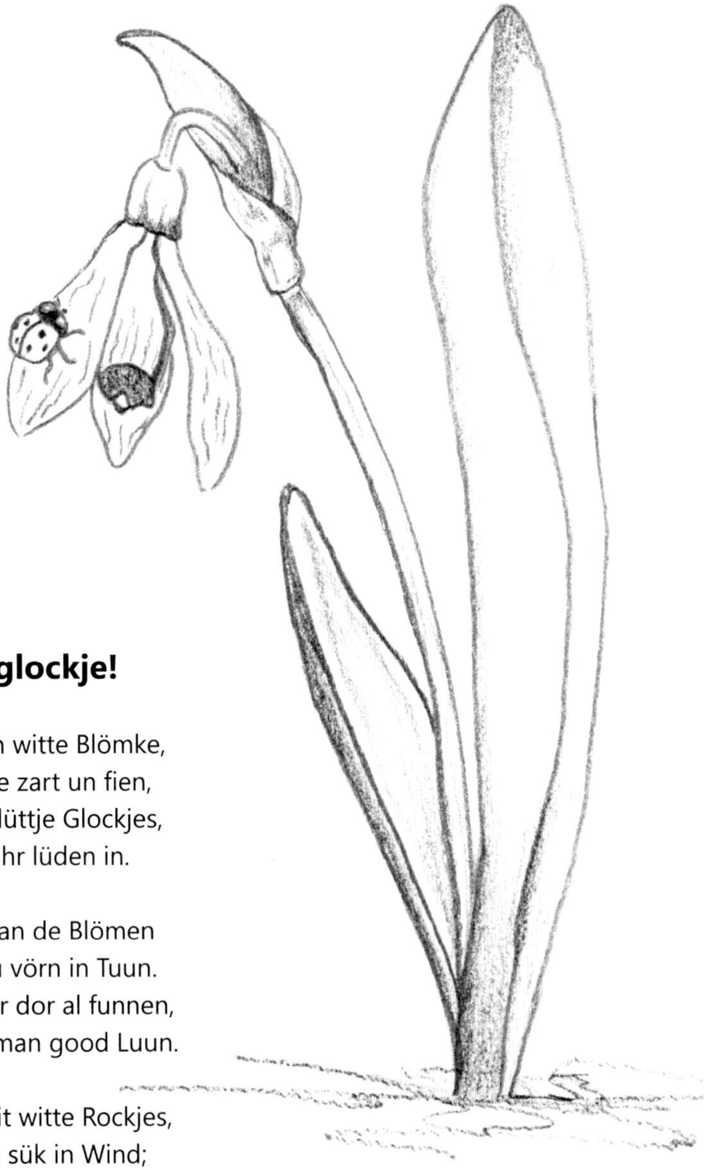

Sneeiglockje!

Dat gifft een witte Blömke,
een Blömke zart un fien,
de deit mit lüttje Glockjes,
dat Vörjahr lüden in.

As eerste van de Blömen
steiht se nu vörn in Tuun.
Hett man hör dor al funnen,
denn kriggt man good Luun.

Heel stolt mit witte Rockjes,
bewegt se sük in Wind;
´t sücht ut, as wenn hör Glockjes
dat Vörjahr lüden in.

Pünktlich Vörjahr

Pünktlich Vörjahr sünd se dor,
komen wied ut Süden;
flegen heel na Afrika;
mögen Warmte lieden!

Kiewiet, Storke un de Spraa,
Kuckuck, Regenpieper,
un de Swaalvkes, Duven ok,
well kann dat begriepen!?

Un denn söken se een Stee,
wor dat heel seker is.
bau´n dor för sük een Nüst,
sörgen för hör Jungen.

Weten, wat hör Jungen freten,
söken Wurms un Rupen.
Beid Ollen sünd vertreden,
doon sük nich verkrupen.

Sünd de Jungen denn so wied,
lehr´n se hör dat Flegen.
Denn word dat ok al bold Tied,
na d´ Warmte hentoflegen.

Ja, de Deren sünd so klook,
elke Deer up sien Aard,
völ dorvan steiht ok in Book,
man völ is noch nich klaar!

Im Märzen der Bauer (up platt)

In ´t Vörjahr de Buur nu sien Trecker ansmitt,
he fahrt nu up ´t Land, denn nu is ´t nich mehr witt.
He plögt denn sien Ackers un eidt dat denn liek,
un sait* dor sien Koorn in of Mais, nettgeliek.

Dat geiht nu so fix, nich as in fröher Tied.
Do kunn man mit de Ploog blot plögen een Rieg.
Vandag gifft dat Achtschaar un seker noch mehr;
teg´n domaals is dat kien Vergliekén nich mehr.

Un domaals, do harr man noch alles up ´t Land,
of Runkels, of Tuffels un Törf up ´n Pand.
Un Hohner, un Swien'n, paar Katten, een Hund.
Ik denk mi, dat Leven up Land weer gesund.

* *sait = sät*

Märt

De Märt is as een lüttje Wicht,
he laggt un singt, hörst du dat nich?
De Vögels fleiten üm de Wett´,
dat ´t all mojer laten lett.

Ok in de Tunen rögt sük wat;
Tieken* lopen över d´ Padd
un Flegen susen dör de Luft;
man spürt nu al de Vörjahrsduft!

In Märt gifft söven Sömmerdaag;
wi frei´n uns na de Winterplaag
up moje warme Sünnenstrahlen,
de uns de Welt heel bunt anmalen.

* *Tieken = Käfer*

Tuuntjen*

In Vörjahr is de drockste Tied in Tuun.
Denn mutt dat Land bearbeidt worden. Meß mutt man kopen, wenn man dat sülvst nich hett, anners wasst dor nix.
Rieg för Rieg word dat Land ümgraven un in elke Göt* Meß instreit. Denn kann man dor wat insaien of inpoten.
Dorna word dat Land liekharkt. Am moisten geiht dat mit een holten Hark.
Denn nimmt man een Lien, de an beid Ennen an een Stockje fastmakt is. Wenn beid Stockjes an de Lien twintig Zentimeter lang sünd, hett man futt een Metermaat. De Stockjes steckt man an beid Ennen van dat Beet in Grund, so dat man tegen de Lien een lüttje Göt mit de Hark trecken kann.

As eerstes in \`t Vörjahr worden de Groot Bohnen poot.
Dorför nimmt man dree of veer Groot Bohnen in Hand un maakt mit de Fuust tegen de Lien een Lock in Eer, deit de dor in un deckt hör mit \`n bietje Eer to. Tüschen elke Lock mutt woll fievteihn Zentimeter Bott* blieven, dormit se sük, wenn se groter sünd, nich in Quer komen. Tüschen de Riegen mutt twintig Zentimeter Bott blieven, dorför nimmt man de Metermaat-Stockjes.
So geiht dat wieder, bit se all poot sünd.
Mit \`n Hark maakt man dat Stück Land vörsichtig weer liek, sünner de Saat rut to harken.
Denn kann man Grönkohl, Rotkohl, Buuskohl un Snittkohl saien, Wuddels, Petersilje un wat man anners noch geern eten deiht. Dat is ja van Huusholl'n to Huusholl'n verscheden. Van Salat nimmt man blot ´n bietje. Dat is all up eenmaal riep un schütt so gau in Saat.

In Geschäften kann man laterhen ok Planten kopen, wenn se in Tuun nich recht wat worden sünd.

Grön Bohnen dürt man eerst Enn April poten (Avend vör Mai), de verfresen licht. Un Mitte Mai komen de Eisheiligen, wor man noch mit Fröst reken mutt. Bit to de Arnt mutt man dat Land van Unkruud free hollen, mit hackjen un weden. Man mutt bi tovöl Sünn ok geten.
Dat maakt völ Spaß, avers blot för de, de dat doon mag.

Avers, all wat ut egen Tuun kummt, smeckt am besten!

* *Tunntjen = Gartenarbeit; Göt = kleiner Graben; Bott = Platz*

Mien Kunfirmation 1959

Ik bün in Märt 1959 an Palmsönndag kunfirmeert worden. Dat is de Sönndag vör Ostern. Fröher weer de Kunfirmation alltied an Palmsönndag.
Vör de Osterferien kwemen wi to d´ School rut. Een paar van uns weern eerst darteihn Jahr old. Heel völ harrn een Lehrstee, man ik muss in Huus blieven. Mien Ollen harrn een Landwirtschaft, dor wurr ik bruukt.

Twee Jahr lang hebbt wi Unnerricht hat. Spröken ut Bibel, meest heel Katechismus un völ Lieder ut Gesangbook mussen wi utwennig lehr'n. Ok, wo de Sönndagen heten deen.
Een Week vörher weer de Prüfung. Wi satten in Gang van de Kark un de Pastor hett uns Fragen van dat stellt, wat wi de beid Jahren dörnomen un lehrt harrn. Wi kregen dorvan kien Tügnis, man wi weern to de Kunfirmation tolaten.

Mien Mama hör Generation hebbt noch völ mehr lehr'n musst. Faken kennde se all Strophen van de Gesangbooklieder. Dat verlehrt man noit*.
Ik hebb lang Jahr'n in Altenheim arbeidt; de Ollen kennden noch heel völ van fröher utwennig.

To de Prüfung harrn de Wichter een eenklört* Kleed an. Ik harr een blau Kleed, de van een Naihsterske maakt weer.
To d´ Kunfirmation harrn all Wichter swart Kleer an. Worüm dat so weer, weet ik nich.
An disse Dag harr man ok to ´t eerste Maal Perlonstrümpen an; mit Naht achter d´ Been. Man keek allmanweg na, of de Naht woll liek weer.

An Kunfirmation sünd wi mit Posaunenchor buten ofhaalt worden un in Kark rinlopen. An disse Dag seten wi vörn in Kark.
To dree´n mussen wi denn na Altar komen. De Pastor segende uns, he harr för elk een Sprök utsöcht un wi mussen een Liedvers ut Gesangbook upseggen, de wi uns utsöcht harrn.
Wi Kunfirmanden mussen denn heel alleen dat Lied: „Mein Schöpfer steh mir bei" singen; de Örgel dee nich spölen.
Wenn ik dat Lied vandag hör, kummt mi dat noch leep an.

* *noit = nie; eenklört = einfarbig*

All Wichter, bit up ´n paar, harrn noch hör Flechten*. Dree Wichter harrn sük dat Haar al ofsnieden un een Dauerwell maken laten.
Dorna sünd wi buten vör ´t Pastorenhuus knippst worden un denn gung dat na Huus. Unkels un Tanten un mien Opas, Omas weern al beid dood, weern namiddags to Tee mit Kook inladen.
Van mien Opa hebb ik een neei Gesangbook kregen, ümdat sien Froo mien Patentant weer. Van de annern kreeg ik moi bestickde Taschendoken, lüttje Geschenken un Pralinen; kien Geld. Avers wi kregen heel völ Kaarten.

Gröndönnerdag dürsen wi dat eerste Maal an ´t Avendmahl deelnehmen. Denn hett elk vertellt, wovöl Kaarten he kregen harr. Wi weern stolt, wenn dat völ weern.

Mien Kunfirmation mit „Mein Schöpfer steh mir bei" blifft mi in Erinnerung.

* *Flechten = Zöpfe*

Zur Erinnerung an meine Konfirmation

Weersehn bi d´ Golden Kunfirmation

Nu weer de Dag dor, up de se al so lang wacht hett, up hör Golden Kunfirmation. Dor würr Mimi all hör Schoolfründ weersehn. Een paar wohnden hier in hör Gegend; de sach se of un to. Man hör beste Schoolfründin harr se noit weersehn.
Mimi harr futt na d´ Schooltied een Arbeidsstee kregen un gor kien Tied mehr för anner Saken hat. Se hett laterhen ´nmaal versöcht, hör Schoolfründin utfinnig to maken, man se hett hör nich funnen. Se harr seker ok heiraadt un een anner Naam annomen.
Nu weer se gespannt up hör. Of se woll komen dee? Un wo sach se nu na fievtig Jahr'n ut? Weer se al gries*?

Mimi kunn de Tied bold nich ofwachten, bit se na d´ Kark henkweem.
Dor stunnen al ´n paar binanner, man de kennde se. Se gaffen ´nanner d´ Hand un prootden mitnanner. Do kwemen noch twee Autos an mit Kenntekens van wieder weg. Dor weer se seker bi!

Ut dat eerste Auto mit Kennteken van Münster steeg een Froo ut mit heel kört Haar. Dat kunn se nich wesen, se harr fröher heel lang Flechten hat, bit na de Kneeibugen.
De Froo see wat tegen hör Mann; Mimi hett nich verstahn wat, man dat weer de Stimm van hör Schoolfründin. Se harr noch de sülvige Stimm as vör fievtig Jahr.
Se gung up hör daal un see: „Gisela? Büst du dat?"
"Ja. Büst du Mimi?"
"Ja, de bün ik!"
Se nomen sük in Arm un harrn sük völ to vertell´n, ok na de Gottsdeenst noch.
„Wat ´n moi Dag!", meenden Beid.

Un van nu of an wull´n se in Kontakt blieven.

* *gries = grau*

Wor sünd de Vögels?

Segg mi, wor de Vögels sünd,
de Lüntjes* un de Meisen?
Man sücht bold kieneen upstünd*!
De doon doch nich verreisen!

Hebbt de Kreihen hör woll haalt?
Of an Enn de Katten?
Is de Vögelgrippe Schuld?
Of griepen hör de Rötten?

Anners weern de Tunen vull
van all de moje Der'n.
Swaalvkes, Spraa* un Wiedehopp
sücht man nich maal van Feernt'!

Nüms weet, wor se bleven sünd
un well dor Schuld an is.
Wi hopen blot, dat ´t beter word,
anners is dat wiers miss!

Lüntjes = Spatzen; upstünd = zur Zeit; Spraa = Star

As wi gebor´n sünd

Wi wurrn gebor'n, do geev dat noch kien Pampers un kien Pille dorna.
Uns Geschirrspöler weer een Tassenbössel. Waske wurr mit Hand wusken of in een Waschmaschien, de mit Hand dreiht worden muss. Dat Nattste kweem in een Sleuder un de groot Stücken hebbt wi up Bleek* leggt.
Uns Koopmann muss Kluntjes, Zucker un Mehl noch ofwegen, in Püten doon un van Hand dichtmaken. Muster* kweem in een Glas, de wi mitbrocht harrn. De Waren dee he ut Kopp binannerreken.

Wi kennden kien Telefax, kien Kernspaltung un kien Laser, van Computer eerst gor nich to proten. To uns Tied geev dat ok noch kien Datenbanken un kien Sonnenstudios. Van Last-Minute-Flüge harrn wi noch nix hört. Urlaub mook do noch nüms.
De Lü harrn drock Wark, hör Land to bearbeiden. Se mussen meest all mit Hand maken un hulpen ok noch hör Nahbers un Verwandten.

Do geev dat ok noch kien Jungse, de Ringen in Ohr'n harrn, of hör Arms un Been bunt bemaalt as Indianers up Kriegspadd.
An dat tweede Auto weer noch lang nich to denken; heel völ harrn noch nich maal een!
Un up Maan weer ok noch nüms landt.

Wi hebbt eerst heiraadt un denn binanner wohnt. Wi sünd ok de lesde Generation, de so dumm weer to löven, dat een Froo een Mann eerst heiraden muss, üm een Baby to kriegen.
För teihn Penning kunnen wi bi de Iesmann, de an de Straten langsfuhr, een Ies kopen.
De Woorden software un non food geev dat noch nich.
Wi mussen uns Oll'n mithelpen. Dor wurr nich fraggt, hest du Tied? Du harrst Tied to hebben! Ok mit dat, wat wi harrn, mussen wi utkomen. Un wi kwemen dormit ut!
De heel Entwicklung mussen wi över uns ergahn laten. Dat is kien Wunner, dat de Kluft tüschen jung un old faken so groot is.
Man wenn wi mit de Technik so good as ´t geiht mitgahn, sull dat Problem nich so groot worden.
Wi willt dat versöken, wi hebbt dat bit nu ok ja all good henkregen!

* *Bleek = Bleiche; Muster = Senf*

April! April!

De weet nich, wat he will!
Maal laggt de Hemel blau un klaar,
bold sünd de Wulken al weer dor;
maal Regen un maal Sünnenschien.
Wat sünd dat blot för Saken;
mit Rar´n un mit Laggen
so een Gedrüs* to maken!
April! April!
De weet nich, wat he will!

O weh! O weh!
Nu kummt he noch mit Sneei,
un sneeit mi in mien Blütenboom,
in unse moje Vörjahrsdröm.
Heel schrickelk is ´t, man lövt dat nich,
vandag gifft Fröst un mörgen Hitze,
vandag Ruugriep, mörgen Blitze,
dat sünd so sien Witze.
O weh! O weh!
Nu kummt he noch mit Sneei!

Hurra! Hurra!
Dat Vörjahr is doch dor!
Un drifft de ruge Wintersmann
ok noch sien Fründ, de Noordwind an,
un wehrt he sük, so as he kann,
dat sall hüm nich gelingen;
denn alle Knospen springen
un alle Vögels singen.
Hurra! Hurra!
Dat Vörjahr is doch dor!

* *Gedrüs = Lärm, Trubel*

Mien Schooltied

Futt na Ostern kwemen wi in School.
Wi harrn domaals ok al een Schooltüt. Man dor weer nich so völ in as vandag. Een Püt Boitjes, paar Sahntjes un drög Plumen.
De Mester geev uns elke Dag ´n paar Plumen. Uns wurr vertellt, dat de Mester up Böhn een Plumboom harr. Un wi hebben dat ok lövt.
Wenn wi nich na d´ School hen wullen, kweem de Mester mit Spiekerkaar un hool een. All nich wahr!

Wi Wichter harrn Flechten, ´n Tolle up Kopp un ´n Schuut vör. Man kann dat noch up dat Bild sehn.
Bit up twee Wichter un een Jung, de ut Schlesien flücht weern, prootden all Kinner platt.
Uns Mesters kwemen all wieder weg. De meesten kunnen kien platt proten.
Wi mussen uns in Riegen to twee Mann upstellen, denn kunnen wi eerst in School gahn. Wenn de Mester in Klass kweem, mussen wi „Guten Morgen, Herr Lehrer" seggen. As wi groter weern, mussen wi vörher beden: „Wi fröhlich bin ich aufgewacht. Wie hab ich geschlafen, so sanft die Nacht. Hab Dank im Himmel, du Vater mein, dass du hast wollen bei mir sein. Behüte mich auch diesen Tag, dass mir kein Leid geschehen mag!"

Uns Mester in eerste Schooljahr, de up dat Bild steiht, muchen wi all geern lieden.
Een Mesterske weer leep streng. Man dat muss se ok wesen; denn in darde un veerde Schooljahr wurrn de Jungse al driester.
Wenn man een Ball mit na d´ School brocht harr, üm Völkerball to spölen, spölden de Jungse futt Football dormit, wenn se de Ball to faten kriegen deen.
In fievde Schooljahr kregen wi een Mester, de mit Lineal up Fingers hauen dee, wenn man wat utfreten of sien Lehr'n nich maakt harr. Denn see he: „Pfötchen!" Man muss sien Hand vörwiesen un denn geev ´t fix wat up de Fingers.
As uns leevste Mester na Oldersum gahn is, hebbt wi all rart. De weer streng, avers gerecht.

In groot Klass hebbt wi een Mester hat, de völ över Politik proten dee. Elvis Presley wurr do berühmt, dor see he Elvis Pressluft tegen.

De Mesters deen uns meest in all Facken unnerrichten.
Mien Süster is een Jahr later in School komen, de hett al een Mester hat, de blot Kunst unnerrichten dee. Do is dat anfangen, dat de Mesters blot in twee of dree Facken Unnerricht geven hebben.
Man wi hebben ok wat lehrt. Wenn ok nich sovöl as vandag, man genug.
Uns Unnerrichtsfacken weern:

Verhalten in der Schule
Beteiligung am Unterricht
Rechnen
Lesen
Deutsch
Erdkunde
Naturkunde
Geschichte
Musik
Religion
Kunst
Sport

un Maandagnamiddags harrn wi Handarbeit, dat much ik överhoopt nich.

„Wünsk Jo Fröhlich Osterfest!"

Elke Jahr an de eerste Osterdag gungen mien Ollen mit uns Kinner na uns Oma un Opa hen. Dor weer ok noch een Unkel un Tant mit dree Kinner in Huus. De leevden mitnanner över d´ Deel; so as dat bi de meesten weer. Denn kweem noch een anner Unkel un Tant mit hör veer Kinner.
As wi Schoolkinner weern, sünd mien Süster un ik dor henlopen. Uns Grootoll'n wohnten annerthalv Kilometer van uns of.
So üm teihn Ühr gungen wi los. In een paar Husen mussen wi alltied rinkomen. An d´ Dör seen wi uns Sprök up:
„Wünsk Jo Fröhlich Osterfest,
hett mien Tütje hier al west?
Hett de mi al Eier leggt?
Een is nix, twee is wat,
gevt mi dree, denn gah ´k mien Padd!"

Wi kregen natürelk blot een Ei, nich dree; dat weer blot so ´n Proot un riemde sük nett. Avers se weern bunt anfarvt.
In een Huus geev dat bruun Eier, de weern in Ziepelschill[*] farvt. Se leeten moi, avers wi muchen doch lever een rood of blau Ei lieden. Seggt hebbt wi dat avers nich.
Mien Ollen kwemen tegen Middag denn mit Rad na, Auto harrn se to de Tied noch nich. As mien Brör al dor weer, kweem de vörn up Rad in een Körvke.
Bi ´t Middageten satten heel völ Minsken an Tafel. Dat weer richtig moi.

Na dat Middageten dürsen wi mit uns Omas Nahbers Kinner Eier smieten. Wenn uns Ei kött weer, dürsen wi de nich futt upeten. Mien Oma wull dat nich, se see, denn verdarven ji jo de Maag.
Wi mussen dat Ei in Köken bringen, denn hett Oma dat kötte Ei in Bradovend warm maakt un denn dürsen wi dat upeten. Wi kennden dat gor nich anners.
Un avends sünd mien Süster un ik över d´ Wallen weer na Huus henlopen.
An de tweede Osterdag hebbt wi bi uns Eier smeten.
Avers dat weer lang nich so moi as bi Oma un Opa!

[*] *Ziepelschill = Zwiebelschale*

De Mai is nu komen!

De Mai is nu komen,
wi singen un sünd blied,
nu bleih´n ok all de Bomen,
uns Hart word bannig wied.
As de Wulken dor wannern
hoog över uns an ´t Hemelstelt,
so will´n wi uns verannern
un trecken wied in d´ Welt.

Leev Heimat, leev Ollen,
uns Gott mag jo bewahr´n.
Ik will mi doran hollen
mien Glück tomöt to fahr'n.
Dor gifft ´t so mennig Straten
up de ´k noch noit marscheert,
un dat gifft so mennig Faten
mit Wien, de ´k noit probeert.

Bi de eerste Sünnenstrahlen
bün ik denn al up Padd.
Uns Land is hier to prahlen
mit Möhlns un Water satt.
Mit Rad fahr ik an d´ Dullert*,
stah baven up de Diek.
O mien Heimat Oostfreesland,
wat sünd wi doch so riek.

Wo moi is dat to wannern,
geneten de Natur!
Wi lehr'n ok geern van annern
so sünner Tied un Uhr.
Van ´t Lagerfür deit ´t klingen,
luud över ´t wiede Land.
laat eenig uns blieven
un wannern Hand in Hand.

* *Dullert = Dollard*

För Mama

Vandaag muchen wi Di, leev Mama, beste Mama, Danke seggen.
Danke, dat Du uns to Welt brocht un van dor of an in Dien Hart dragen hest.

Danke för all dat, wat Du för uns up Di nimmst,
so völ slaaplose Nachten, nich uptotellen;

Du weerst alltied för uns dor, of Du möi weerst of krank.
Du hest Di alltied üm uns sörgt un kümmert;
Dien Hart slog toeerst för uns.
Schaad, dat dat so minn anerkannt word, wat Du för uns deist.
Du hest för Dien heel Arbeid kien Geld kregen un so selten Anerkennung.

Dien Berop is vandag minnachtig, avers bi uns steihst Du hoog an.
Dien Leevde is echt, warmhartig un eenzigartig!

Danke, dat Du alltied dor weerst; alltied harrst Du Tied för uns.
Wenn wi ut School kwemen, weerst Du dor.
Elke Dag stunn wat anners up Tafel.
Alltied hest Du Di uns Luun, elke Macke anhört.
Du büst uns eerst Raadgever!

Uns deit leed, dat wi uns so selten bi Di bedanken
un Di faken to d´ Blar´n brocht hebben.

Leev Mama, wi danken Di, dat Du uns de Kinnerbibel vörlesen hest.
Danke, dat Du elke Avend bi uns an d' Bedd seten hest un hest mit uns beedt.
Du hest uns so Gott leev maakt, dat gröttste Geschenk.

Und dorüm, leev Mama, muchen wi toeerst Gott danken,
de uns Di schunken hett.
Sünner Di geev dat uns nich un dat weer sien Plaan.

Danke, leev Gott, dat wi dör hör van Di so riek beschenkt worden sünd!

Uns Sünnenschien!

Wi hebbt ´n lüttje Jung,
he is nu annerthalv.
He hollt uns good up Sprung
un weet al, wat he will!

He is uns Sünnenschien,
al siet sien eerste Dag,
dat gifft wiers kien,
de disse Fent nich mag!

He laggt de meeste Tied
un lopen kann he al.
Nu is hüm nix to wied;
he kriggt, wat he nich sall!

Un seggt man denn ok: „Nee!",
denn schüddelt he mit Kopp;
sücht ut, as weer ´t up Stee,
man denn nimmt he sük ´t doch!

De neei Büx

Leffers harr bi d´ Zeitung Werbung mit neei Büxens.
Gerd sien Froo kreeg de in Hann un meende, se muss ok nödig ´n neei Büx hebben. So een helle Büx mit ´n moi Muster drin.
Se an de sülvige Namiddag mit Gerd up Stapp na Leffers hen. Gerd wull sük in Leer ok noch neei hollandse Matjes kopen.

Sien Froo gung bi Leffers rin un hett ok futt een moi Büx funnen. De paßde heel good. Dat weer hör ok wichtig, anners harr se ja weer Geld för ´t körter maken an de Naihsterske betahlen musst.
Se gung na buten na hör Mann, de in Auto wachten dee un see: „Du, ik hebb al een Büx funnen, avers ik will mi noch ´n bietje ümkieken. Du kannst ja al de Matjes halen. Musst hier avers weer herkomen."
„Is good!", seggt Gerd. „Ik koom hier weer her!"
„Ja, bit denn", seggt sien Froo.
Se hett mehr Saken anprobeert, avers nix funnen, wat se lieden much.
Kört vör seß Ühr geiht se na de Parkplatz hen, man Gerd is noch nich dor.
Se wacht un wacht un wacht. Tegen halv söven markt se, dat se van all dat Wachten nödig up Klo mutt! Achtern weer de Dör al dicht. Se löppt na vörn un trefft noch Bekannte. Se vertellt, wat hör passeert is. De Lü willen hör woll mitnehmen. „Man wenn Gerd mi söcht, denn kann he mi nich finnen! Besten Dank ok!"
Bi Leffers dürt se noch gau up Klo. Dorna löppt se na de Matjesbuud, man de Buud is al dicht un de Lü dorin sünd al weg.

Bi Leffers weer ankomen, röppt se in Huus an. Mittlerwiel is dat al söven Ühr. Nüms in Huus, ok nich, as se dat tweede Maal anropen deit. Denn röppt se bi hör Swegerdochter an. Nix!
„De geiht doch alltied gau an ´t Handy! Sull dor wat passeert wesen?" Se maalt sük al dat Leepste ut.

Nu geiht hör Handy. Se geiht ran. „Wor ... büst ... du?", bölkt Gerd.
„Ik stah up Parkplatz!"
„Kann ja gor nich! Dor hebb ik bit ebend wacht. Ik bün sogor noch in Laden west, avers de seen, dat dor nüms mehr is!", Gerd weer in Braß.
„Up wecke Parkplatz hest du denn stahn?"
„Bi CEKA!", see he heel frech.
„Bi CEKA? Ik stah doch bi Leffers, ik hebb doch gor nich na CEKA henwest!"
„Ik koom futt un haal di of", see Gerd blot.

Na een halv Stünn kweem Gerd denn ok, üm sien Froo oftohalen.

He hett sük heel düchtig bi hör entschülligt. He weer heel leep düll up hör west, as he noch nich wüst harr, dat dat sien Schuld weer.

Parzival

Unse Gans, de Parzival,
kummt heel hannig ut sien Stall,
watschelt heel blied up mi to,
lett mi överhoopt kien Roh!

Sücht he denn sien Fretenspott,
grippt he drin mit lüttje Kopp.
Weet, dor is wat Leckers in
un nich blot sien Gänsewien.

Un kummt dor een Frömde an,
faucht he as een Klapperschlang,
plustert sük heel düchtig up;
de Frömde löppt hüm gau vörup!

Denn unse Gans is as een Hund,
he blekt woll nich, man he paßt up.
Dorüm laat mi kieneen raden,
Parzival in Pott to braden.

Nis Randers

Kraken un Hulen in brekende Nacht,
Düstern un Flammen in brusende Jagd –
dor bölkt een in de Brandung!

Nu brannt de Hemel, man sücht dat good:
een Wrack up de Sandbank; noch weegt dat de Flood,
bold haalt sük ´t de Ofgrund.

Nis Randers kickt - un sünner Hast seggt he:
„Dor hangt noch een Mann in Mast,
wi mutten hüm halen!"

Do faat ´t hüm sien Moder: „Du geihst dor nich hen;
di will ik hollen, du bleevst mi alleen,
ik will dat, dien Moder!

Dien Vader gung unner un Momme, mien Jung.
Dree Jahr verschullen is Uwe nu al.
Mien Uwe, mien Uwe!"

Nis geiht up de Brügg, sien Moder hüm na,
he wiest up dat Wrack un seggt sodraa*:
„Un sien Moder?"

Nu springt he in ´t Boot un mit hüm noch seß
groot harte Fresenjungs;
bold susen de Ruders.

Boot boven, Boot unner, een Höllendanz.
Nu is dat Boot kött, nee dat bleev ganz.
Wo lang noch? Wo lang?

As fürige Pietsken geiht dat Meer,
as minskenfretende Peer kummt d'her,
mit Snuven un Schumen.

As wenn hulende Iel hör tosamen dwingt,
een de anner up Nacke springt
mit stampende Hufen.

Du leve Tied! Nu brannt de Welt!
Wat nu? – Een Boot, dat up ´t Land anhollt? –
Se sünd dat! Se komen!

Un Ogen un Ohren in ´t Düstern spannt.
Still – röppt dor nich well?
Nis bölkt so fell, as he kann.

„Seggt ´t Moder, ´t is Uwe!"

* *sodraa = sobald, darauf*

20 Cent könen völ weert wesen

Sini lagg in Krankenhuus. Se harr hör Blinddarm drutkregen. Egentlik is man denn heel gau weer in Huus, man bi Sini harr sük de Wunn entzünd un dorüm muss se noch wat langer in Krankenhuus blieven.
Bold elker Dag kweem d´r well, üm hör to besöken.

Lesd Sönndag weern hör Söhn, hör Swegerdochter un de beid lüttje Enkel-kinner up Visit. De dreejahrige Lars keek sük dat all an. Un so as Kinner sünd, fraggt he: „Worüm is dit so un worüm is dat so un worüm?"
Man hett up völ Fragen kien Antwoord.

Up eenmaal föhlt he in sien Büxtaske un gifft sien Oma 20 Cent.
„De schenk ik di!", seggt he.
„Wor hest du dat Geld denn her?", fraggt se hüm.
„Van Opa Hinni", seggt he. Dat is sien anner Opa, de bi Lars un sien Ollen över d´ Deel wohnt.
„Dat sall ik in Spaardös doon, man nu kriggst du dat. Dorför kannst du di een Schokobon kopen, denn worst du gau weer gesund!"

Sini un Lars Ollen kieken sük an!

Dor kriggt de lüttje Fent Geld, wor he nich weet, wovöl dat weert is un sall dat in sien Spaardös doon. Man ümdat he denkt, dat sien Oma dör de Schokobon gesund worden kunn, gifft he hör dat Geld.

Disse 20 Cent hebbt Sini leep inkumdeert, dat weer för hör mehr weert, as de dicke Blömenstruuß, de Lars Ollen hör mitbrocht hebbt!

Dat sehr Been

Karla dee dat linke Been so sehr, dat se bold nich mehr Trappenlopen kunn. Na heel völ Doktors hett se henwest, man alltied hörde se datsülvige: „Dat is all up Stee*! Dor is nix mit!" Se twiefelde al an sük, of se sük dat woll inbilden dee un dat dorüm nüms de Ursaak finnen kunn.
An een Maandagmörgen gung se weer na hör Doktor hen, üm neei Tabletten tegen de Pien in hör Been to halen. Man de Doktor see tegen hör: „Wi versöken dat ´nmaal mit ´n Kur!" Karla weer dat ok recht; wenn ´t man helpen dee.
Se kweem na Mölln to Kur.
Futt de anner Dag harr se een Termin mit een Mitarbeiderin van de Kurklinik. Se muss hör ´t all vertellen; wor hör ´t seer dee un wat hör stör´n dee. As se utproot harr, see de Frau tegen hör, dat se hör Leven ännern muss.
Man wo sull dat gahn? Se harr dree Kinner in Huus, för de se waschen, plätten* un koken dee; twee Jungse un de Fründin van een Jung. Denn weer dor de groot Tuun van dreedusend qm un denn gung se vulltieds noch hen to arbeiden.
Futt up Stee kreeg se fiev Week Kur, nich blot dree!
Na twee Week is se bi ´t Nordic Walking ümknickt un harr hör Foot anknackst. Egentlik word man denn na Huus henstürt, ümdat man de Anwendungen nich mitmaken kann, man Karla dürs blieven.
Na fiev Week kunn se denn na Huus hengahn.
Een paar Dag later see hör Jung, dat he un sien Fründin een Huus köfft harrn un uttrecken deen.
„Oh", doch se, „denn is d´r blot noch een, dat schier* ik woll." Een Week later seggt de anner Jung: „Ik hebb ´n Wohnung in Leer, ik treck ok ut!"
Karla wunner sük, nu harr sük ´t all van sülvst riegt. Nu wull se ok nich mehr in dat groot Huus mit de groot Tuun blieven. Se hett sük ´n lüttjeder Wohnung söcht un kunn bold weer hengahn to arbeiden.
Anfangs hett hör Been noch ´n bietje sehr doon, man dat wurr all minner. Na een heel Sett wüss se gor nich mehr, wecke Been hör so völ Kummer maakt harr.
De Mitarbeiderin hett woll wüst, worher de Pien kweem.
Wenn de Körper nich mehr kann, leggt he sük van sülvst hen!

* *all up Stee = alles in Ordnung; plätten = bügeln; schier = schaffe*

Fiev Jungse!

Fiev Jungse, een Vader un een Moder dorto,
fiev Jungs maken Spektakel, Spijök un Hallo.
Wat Moder deit strakeln, mutt Vader versohlen;
fiev Jungse hör Undögd * is nich to betahlen.

Jan - Willem, de ollste, teg´n de wasst kien Kruud,
de frett van allen dat Leepste noch ut.
Hüm is dat egaal, of he d´ Katt smitt of Hund;
se maken üm hüm smaals* een heel groot Runn.

Un Hannes, de Tweede, so moi he ok deit,
he is as sien groot Brör verneelt*.
Nahbers Fensters, de hebben hüm dat andaan,
stadig mutten de na de Maler hengahn.

Man Okko, de Darde, dat is ´n leev Jung,
wenn se hüm quäl´n, wiest he hör de Tung.
Jan - Willem un Hannes, de könt dat nich of,
se jagen leev Okko in Drafft* över d´ Hoff.

Gerd maakt, wat sien ollste Brörs seggen,
för de muss he sük maal in Brannettels leggen.
As he do see: „Dat deit so mir sehr!"
Seen de Beid blot: „Büst d´ stark of büst ut Leer!"

De fievte in Bund, dat is lüttje Harm,
de wiers van Wiesigkeit nich wasst.
Un proten kann he nettso as een Groot;
man he sitt noch geern up Mamas Schoot.

* *Undögd = Unfug; smaals = jedes Mal; verneelt = hier: schlecht; in Drafft = schnell*

Berni un sien Geweten

Lang is Berni arbeidslos west. Nu hett he sük bi een Firma vörstellt, de Lü sünner Utbildung söken deen.

Berni hett na sien Schooltied nix lehrt; hüm fehlde domaals de Lüst.

In de Jahr'n kunn man hier un dor noch Arbeid finnen. Vandag gifft dat nich mehr völ van disse Steden.

He weet, dat he in sien Leven völ verkehrt maakt hett. He is nu negenunveertig Jahr old, is scheddt un mutt för sien twee Kinner upkomen. De sünd d´r bit nu leep schofel* bilang komen, man dat will he nu ännern.

As he sük bi de Firma vörstell´n dee, kweem sien ehemalige Schoolkollege Martin rin. As sük later rutstell´n dee, weer Martin ok de Chef van de Firma. Berni kunn dat nich faten.

In sien Schooltied hett he nettakkraat disse Martin pisackt un quält. Annern hett noch anstichelt, mittomaken. Un Martin hett nich eenmaal torügghauen.

Berni deit dat nu so leed; man ´t is nich mehr to ännern.

„Ik krieg de Stee noit, wenn he mi to kennen kregen hett!", see he vör sük hen. Üm twee Ühr sull he noch ´nmaal weerkomen. Seker üm to hör´n, dat se „in Moment doch kien bruken könen!"

De Tied bit dorhen kweem hüm as een Ewigkeit vör.

Tomaal wurr he rinropen. Martin un een anner Mann stunnen binanner un keken Berni an. „Nu kummt futt dat Dunnerkater!", doch he so bi sük.

„Du büst doch Berni?"

Berni nickkoppde blot und denkt: „Nu is ´t ut mit Arbeid.

„Wi weern een Schooljahr!", see he tegen de anner.

„Du kannst bi uns anfangen. Wenn du wullt al mörgen", see Martin.

Berni weer dat to, as wenn sien Knejen binannersacken wull´n. Man he hett sük tosamenreten.

„Wiers*?", seggt he blot.

„Ja, heel wiers. Wi sünd ja mitnanner na d´ School hengahn un komen ut een Dörp, denn mutt man sük doch helpen!"

Berni schaamde sük up eenmaal so fell för dat, wat he Martin in School andoon harr.

Martin weer för hüm een heel besünner Minske, de dat al vergeven kunn.

* *schofel = schäbig; wiers? = wirklich?*

Karlotte

In Märt do hebbt wi Zuwachs kregen
un sünd so blied mit hör.
Dat mit hör dat is een Segen,
ok wenn hör woll maal wat malört.

Elk un een hollt se up Trapp,
word striekelt hier un dor.
Kricht ´t Allerleckerste in Napp,
ok tüskenin, dat is doch klaar.

Uns Lü, de komen geern na Huus,
nich wegen Brood un Fleesk!
Uns Zuwachs hollt uns good in Schuss,
gifft elker Dag wat Neeis.

Se klautert hier un klautert dor,
nix is mehr seker nu.
Wi sünd al bold mit Nerven klaar,
se lett uns gor kien Roh!

Ik denk, wi doon hör bold in Stall,
denn dor hört se ja hen!
Se deit ´t denn seker ´n bietje mall,
man na ´n Sett leggt sük dat denn.

Wi hebben hör Karlotte nömt,
nich so ´n neeimoodschen Kraam.
De Naam, de paßt heel good to hör!
För ´n Zeeg is dat doch ´n moi Naam!

Een Dütske un een Hollander

Een Dütske sitt nettakkraat bi ´t Fröhstück mit Koffje, Croissants, Botter un Marmelaad, as sük een Kaugummi kauende Hollander tegen hüm hensett.
He fangt ok futt an to proten un seggt: „Eten ji Dütsken egentlik alltied dat heel Stück Brood up?"
De Dütske lett sük nich oflenken un seggt blot: „Ja, natürelk!"

De Hollander maakt ´n heel groot Blaas van sien Kaugummi un meent denn: „Wi nich! Wi eten blot dat Binnerste van dat Brood. De Kanten worden in een Container sammelt, moi torecht maakt, to Croissants förmt un na Dütskland hen verköfft."
De Dütske hört sük dat all an un seggt nix.

De Hollander laggt un fraggt: „Eten ji ok Marmelaad bi ´t Brood?"
De Dütske word nu al ´n bietje gnarig* un seggt: „Ja, natürelk!"

De Hollander kaut alltied noch up sien Kaugummi rüm un meent: „Wi nich, bi uns in Holland eten wi blot friske Obst to d´ Fröhstück. Dat Schill, de Kengels un de Stengels worden in Containers sammelt, to Marmelaad uparbeidt un na Dütskland verköfft."

Nu word de Dütske dat avers doch to bunt un he fraggt: „Hebbt ji Hollanders ok Sex?"
„Natürelk, wat för ´n Fraag", seggt de Hollander.

De Dütske lehnt sük över d´ Tafel un fraggt: „Wat maak ji mit de Parisers, wenn ji de bruukt hebben?"
„De smieten wi weg", seggt de Hollander.

Nu fangt de Dütske an to grinsen un seggt: „Wi nich! In Dütskland worden all Kondome in een Container sammelt, smulten, bearbeidt un as Kaugummis na Holland verköfft!"

* *gnarig = mürrisch*

Dat verlor´ngahn Kind

Froo Wienemann mutt alltied an hör Dochter denken. Vandaag heel besünners, denn vandaag is hör 23. Geburtsdag.

Vör söven Jahr is se Hals över Kopp uttrucken. Wegen Kleenigkeiten harrn se sük stadig in Wull. Wenn Froo Wienemann irgendwat see, geev Marita futt up Stee Kontra.

Toeerst weer dat hör unörnlike Kamer. Hier leeg ´n Sock un dor een Pullover un all so wieder. „Ik weet nich, wat du hest, ik finn mi hier best torecht!", meende se heel wies.

Man Froo Wienemann see, dat een Kamer van een seßteihnjahrige Wicht beter utsehn kunn.

Up ´nmaal smerde se sük heel völ Farv in Gesicht un kweem mit lila Haar na Huus. „Mien leev Wicht, wo süchst du denn ut? Mutt dat wesen?"

„Ja!", see se heel körtof un verkroop sük in hör Kamer.

Ok an ´t Eten harr se wat to nörgeln. Dit weer hör to fett un dat to drög, dit to söt un dat suur. Do wurr Froo Wienemann d´r düll bi un see: „Denn kook du doch!"

„Dat do ik ok, dor kannst up an!", see Marita. Se packde hör Saken, is ut de Achterdör rutgahn un nich weerkomen.

Inge Wienemann spietde so fell, dat se dat seggt hett, man nu weer ´t to laat. Marita muss noch een halv Jahr na ´t School hen, man van de Dag of an is se dor nich mehr hengahn. Nich maal hör beste Fründin wüss, wor se weer.

Froo Wienemann see tegen hör Jung: „Kannst du hör up Handy anropen, up di hört se ja alltied."

Christof see: „Dat hebb ik al versöcht, man se geiht nich ran."

Un so gungen de Jahren dorhen. Froo Wienemann geev sük de Schuld al sülvst. „Zuckerlaapudding* mit Karssen much se so geern. De muss ik an hör Geburtsdag maken!", see se trurig vör sük hen.

An disse Middag satten se all binanner to Middageten.

Heel sacht kloppde dor well an Dör.

„Koom man rin", see Martin Wienemann. He doch, sien Nahber weer dat; de wull wat van hüm lehnen.

* *Zuckerlaapudding = Schokoladenpudding*

De Dör gung open un een jung Froo kweem rin. Se keken ´nanner an.
„Marita, büst du dat?", froog Froo Wienemann.
„Ja, Mama, ik bün ´t", see Marita mit Tranen in Ogen. „Büst du noch düll up mi?"
Froo Wienemann gung na hör Dochter hen un see: „O mien leev Kind! Du hest mi doch so fehlt!"
Nu kwemen ok hör de Tranen. Se fullen sük in Arms.
„Ik bün nich alleen komen, in Auto sitt............"
„Rinhalen!", see hör Mama. Marita gung na ´t Auto un see tegen hör Mann, dat he rinkomen sull.
Marita harr nich dormit rekend, dat se so vermisst worden is.
As se in Köken kwemen, see se: „Dat is Markus, mien Mann, un dat is uns Dochter Inga."
„Du sachst nettakkraat* so ut, as du lüttjet weerst! Wat nüdelk! Un de Locken hett se van hör Papa!", meende Froo Wienemann.
Marita wüss nich, wat se seggen sull; se weern all so blied, dat se weer dor weer.
„Inga, Inge, hest du dat lüttje Wicht na Mama nömt?", fraggt Christof.
„Ja, un na Papa. Se heet nämlich ok noch Martina! Ik hebb so faken an jo docht. Dorüm!"

Na een Settje fraggt se: „Gifft dat ok Zuckerlaapudding mit Karssen?"
„O ja, du hest ja vandaag Geburtsdag! Ik graleer di heel düchdig un wünske uns, dat wi uns noit weer verlesen."
„Dat wünske ik mi ok", meende Marita. Hör Papa un hör Brör graleerden hör ok un drückden hör.

Froo Wienemann see: „Disse Dag vergeet ik mien Levdag nich. So een groot Freid hest du uns maakt!"

* *nettakkraat so = genauso*

Dat lüttje Wicht!

Mit een bedrövde Stimmung gung Grietje dör de Straten van de Stadt.
Se keek in all Schaufensters, man nix mook hör Stimmung beter.

Een Moder leep mit hör Dochter ok disse Straat langs.
Dat lüttje Wicht hüppkede up un daal un weer heel fell an to prootjen.

As se an Grietje vörbikwemen, keek dat lüttje Wicht hör an un laggde heel blied. Van dor of an weer hör miese Stimmung as wegweiht.

Dör dat blied Gesicht van dat lüttje Wicht gung se nu ok blied dör de Straten.

Ben is al drög

Heel Familie is dor blied över, dat de lüttje Ben seggt, wennehr he up Klo mutt.
Un Ben is ok heel stolt. Man dor dürt nüms anners mit hüm hen as sien Opa.
Un Opa deit dat geern.

„Opa, geihst du mit mi?", heet dat denn blot. Un Opa zuckelt achter hüm an.
He mutt Ben up de Toilette setten, de is ´n bietje to hoog för hüm.
Opa mutt solang buten Dör blieven, bit Ben klaar is.

Meesttied na fiev Minüten is dat denn so wied un Opa treckt hüm weer an.
Na fiev Minüten kummt Opa rin un fraggt: „Büst al klaar?"
„Nee", seggt Ben.
Opa geiht weer rut.

Na fiev Minüten kummt Opa weer rin un stellt de sülvige Fraag.
„Nee, noch nich", seggt de lüttje Fent weer.
Bi dat darde Maal fraggt Opa weer un Ben seggt: „Nee, man kummt futt!"
„Wo weetst dat?"
Ben: „Hett al hupt, dorüm!"

De seltene Bloodgruppe

Katharina is heel leep krank west, se hett sogor an Dood legen.
Se harr dat nich överleevt, weer dor nich de Typisierung west. Een eenzige Person kunn hör helpen, ümdat se de sülvige seltene Bloodgruppe harr as se. De söggde se nu. Dat weer ´n Froo, hett man hör seggt.

Na ´n lang Tied is se de Naam ok wies* worden. Se wohnde in Ollenbörg. Dor wullen se sük in een Café treffen. Katharina weer heel neeisgierig up disse Person.

Een Froo kweem rin, keek sük üm un sach Katharina. „Wull´n wi uns hier treffen?", froog se. As se hör vertellde, wor se up wachten dee, wüssen se Bescheed.
Een Settje seten se sük still tegenöver. Do stellde Katharina sük vör.
„Mien Naam is Katharina. Ik wohn in Leer, bün verheiraadt un hebb twee Kinner, een Jung un een Wicht. Ik bedank mi van Harten bi hör, dat se mi hulpen hebbt. Dat deit ja ok nich elk! Besten Dank!"
Van eerste Moment gefull hör disse Froo.
„Dat is all up Stee. Ik bün ja blied, dat ik helpen kunn."
„Wat maken se in Ollenbörg?", wull Katharina weten, nadeem Herma sük vorstellt harr.
„Ik bün Mesterske an een School. Dat maakt mi heel völ Spaß! Leven hör Ollen ok noch?"
„Ja, dat heet, ...mien Ollen sünd nich mien richtige Ollen. Se hebbt mi annomen. Avers ik hebb een heel moi Kinnertied hat!"
Herma zuckde tosamen.

„Hebbt se ok Kinner?", froog Katharina.
„Nee, dat heet, ...ja." Un do kweem se mit de Wahrheit rut.
„Ik hebb kien moi Kinnertied hat. Mien Vader weer Alkoholiker un faken duun un mien Moder hett mi wegen Kleenigkeiten hauen. As ik ut School kweem, hebb ik een Stee bi een Frisör kregen. Dor sull ik in Lehr."
Herma much gor nich wieder proten.
„Un do?", froog Katharina.

* *wies = hier: gewahr*

„As ik in ´t tweede Lehrjahr weer, bün ik mit Chef sien Jung up ´n Party west un hebb tovöl drunken. Un do is dat passert! Een Settje later weer ik in anner Ümstännen."
„Un do?"
„Mien Moder hett mi so verhauen. Un do see se noch: „Dat Kind word weggeven! Weer ik man weggahn! Avers ik weer ja eerst fievteihn Jahr old! Wor sull ik hen!"
„Dat deit mi leed!", see Katharina.
„Un as de Tied üm weer, hett se mi dat Kind eenfach wegnomen." Herma fung an to rar´n. „Ik weet nich, wor se henkomen is!"
„Was dat denn een Wicht?"
„Ja", snückerde se.
„Wennehr weer dat denn?", Katharina leet nich locker.
„An 18. Mai 1981. Ik hebb noit heiraadt un wull ok kien Kinner mehr hebben. So sehr hett mi dat doon, nu noch. Nu noch!" Tranen rullden man so van de Wangen of.

Katharina see: „Ik bün ok 18. Mai 1981 geboren." Herma keek hör an.
Nu fungen beid an to rar´n. Katharina namm hör in Arm.
„Dorüm hebbt wi beid de sülvige seltene Bloodgruppe, ik hebb mi al wunnert", see Katharina. „Denn büst du ....ik dür doch du seggen?"
„Seker doch!"
„Denn büst du mien Mama!"
Beid wüssen nich, wat se seggen sullen.

Na een Sett see Katharina: „Mien Mama hett mi dat Leben rett, wat moi! Ik dank di van Harten! Dat kann ik noit weer good maken!"
„Dor maak di man kien Gedanken över. Ik bün blied, dat ik dat doon hebb! So hebb ik di ja funnen of du mi!"

Herma weer, as harr se hör Wicht nich blot dat Leben rett. Nee, hör heel Leven sach nu anners ut. Nu harr se hör Dochter weer un ok noch twee Enkelkinner.

Unkel Heini

In mien Kinnertied weer Unkel Heini de eenzigste Derenpark in Oostfreesland. Elke Schoolklass hett mindestens eenmaal in de fievtiger Jahrn un ok noch later een Utflug na Unkel Heini na Logaberum maakt.
Nettgliek mit well man in Oostfreesland proten deit, elk un een hett dor al ´nmaal henwest. Avers dat weer ja ok wat Besünners. Wor kunn man anners Apen, Elefanten, Löwen, Tigers, Iesbaren, Seelöwen, Flamingos, Zebras, amerikanske Stiekelswien un noch völ mehr Deren bewunnern. Unkel Heini harr tiedwies mehr as hunnert Deren. De Elefant „Tefi" levt noch in Münster in de groot Zoo.

Mit mien Schoolklasse bün ik dor henlopen; dat weer ja nich so wied van Holtland. Un domaals geev dat ok lang nich so völ Autos as vandag. Ik weet noch, dat wi dorhen up de Sömmerweg langslopen sünd, de tegen de Klinkerstraat weer.

Bi Unkel Heini weern nich blot Deren, ok besünner Reev to spöl´n weer dor. Man kunn sük in Spegels bekieken, wor man in de een heel dick, in de anner Spegel heel dünn utsach of heel scheev. Ok an de Wüpp-Wapp, de na rechts un na links gung, wor bit to teihn Kinner up sitten kunnen un de riesige Rutschbahn kann ik mi entsinnen.
Man kunn dor ok Ies un Tuffelsalat mit Würstchen kopen.

Ik weet noch, as dat amerikanske Stiekelswien mit sien lang Stiekels utreten un unner ´t Auto komen is. Uns Mester hett uns dat futt anner Dag vertellt.

1973 hett dat dor brannt.

Mi hett dat leep spiet*, as Unkel Heini upgeven hett. Un eerst recht, as dat so verkomen dee.
Un nu kummt dor ´n Autofirma in. Is ja good, wenn dor weer Leven inkummt.

Man Unkel Heini blifft för mi Unkel Heini un sien Deren.

* *spieten = Leid tun*

He swevde över de Danzdeel

Hinnerk gung erbarmliek geern hen to danzen; dat weer sien een un alles. Man he kunn ok danzen; egaal wat dat weer, he danzde, as wenn he dat lehrt harr; as ´n Een.
Elke Saterdagavend kunn man hüm up de Danzdeel finnen.
All Wichter danzden geern mit Hinnerk. Se wachden al, dat he hör uphalen dee. Of un to kregen se sük dorbi in Wull, wenn sük een vördrängelt harr. Man he see denn: „Bedaart jo, elk kummt maal dran!"

So weer dat ok disse Saterdag. Hinnerk truck sük moi an un denn gung dat los. Heel Rummel Wichter wachden al, dat he komen dee. Denn weern se blied. He leet kien Danz ut. Dat weer ja ´n Glück, anners harr he dat gor nich schaffen kunnt.
Man irgendwennehr weer ok disse Avend to Enn.
Dat wurr buten al hell, avers dat weer hüm egaal. He weer Junggesell un harr ok gor kien Tied to heiraden.

Anner Mörgen muss he hen to bichten, he weer kathoolsk un dor weer dat so, avers de Pater vergeev hüm. Dorna gung he na d´ Kark; dat hörde sük so.

Hinnerk settde sük heel achtern hen. He kunn sien Ogen gor nich openhollen, he weer so möi. Van Feernte hörde he, dat d´r proot wurr. Klocken deen al lüden. As de utlütt harrn, fung de Örgel an to spölen. Hinnerk verfehrde sük so fell un reep: „Damenwahl", so dat all Lü dat hör'n kunnen. De Lü fungen an to laggen. Man se kennden hüm ja.

Hinnerk hett sük dat noch mennig Jahr anhör´n musst, avers dat weer hüm nettgliek. He grien denn blot.

Fievtig Jahr later hett een Pater dat noch vertellt; up Hinnerk sien Beerdigung.

Football-WM in Brasilien

Van de 13. bit to de 28. Juni 2014 weern wi na de Football-WM na Brasilien. Dorför hebben wi veer Jahr spaart.

Dat kweem so: 2010 stunn in Fehntjer Blatt een Bericht van Ailton, de kummt ut Brasilien un hett bi Werder Bremen Football spölt. De WM-Sparclub Meppen dee dat anbeden, na de Football-WM na Brasilien to flegen. Wenn man elke Maant 111,- Euro up dat Sparclub-Konto inbetahlen dee, harr man de Reis in veer Jahr al bold betahlt. Wenn man nich mitflegen dee, kreeg man sien Geld torügg.
Eenmaal in Jahr muss man noch 10,- Euro Kontogebühren betahlen, de man nich weerkreeg. Un so hebbt wi uns anmeldt.

Een Vedder un sien Froo wullen ok mit, avers de Froo hett een Week vör de WM een Slaganfall kregen, do hebben se sük ofmeldt. Un ruck-zuck harrn se dat inbetahlte Geld weer up hör Konto.

Mit hunnertveer Lü ut Oostfreesland un Emsland sünd wi van Düsseldörp ut na Salvador de Bahia na Brasilien henflogen. Teihn Stünn hett dat dürt, bit wi dorweern.

Uns eerst Hotel weer direkt an de Atlantik. To Fröhstück, Middageten un Avendeten geev dat heel völ Obst. Ik kennde dat gor nich all. Dat weer heel frisk un heel lecker! Van een dicke Melone harrn se een Körv sneden un anner Sorten Obst dorin moi dekoreert.

An de tweede Dag hebben wi de Stadt Salvador de Bahia besichtigt. De weer ungefähr seßtig Kilometer van uns Hotel weg. Een interessante un moi Stadt. De Straten weern mit bunte Fahnen smückt. An de 24. Juni fier´n se dor Sao Joao, dat heet Heiliger Johannes. De Dag heet ok bi uns so.

Denn kweem dat eerste Spöl. Meest all van uns Gruppe harrn een dütske Trikot an.
Wi harrn dor dree Bussen, mit de wi de heel veerteihn Dagen fahren sünd. Middent dör de Stadt sünd wi na dat Stadion henfahr´n.

In de Stadt weern heel völ Steden, wor bargenwies Müll herüm lagg.
Twee Kilometer mussen wi wiers noch na dat Stadion henlopen, van dor, wor wi ut Bus utstegen sünd. De Straat gung heel steil andaal; de wi na dat Spöl ok weer hooglopen mussen.
Dat weer 30 Grad heet. Wi freiden uns up dat Spöl, dorüm hett uns dat nich sovöl utmaakt.

In dat Stadion dürsen wi kien Buddels mitnehmen. Wenn wi Water, Saft of Beer hebben wullen, goten se dat in een faste Kunststoffbeker. Up de Beker stunn: Deutschland x Portugal in Salvador am 16.06.2014. Disse rood Bekers kwemen van Coca-Cola. De weern ruck-zuck weg, wenn man de ut Ogen leet.

Dat weer een good Idee, so harrn se kien Müll in 't Stadion. Elk wull sien Beker as Andenken holl´n. Dor lepen al rüm, de harrn stapelwies Bekers in Hand; all binanner söcht.

Vör dat Spöl wullen sük Lü ut Portugal mit uns knipsen laten. Man achterna weern se gau weg. Na dat 4:0 för Dütskland weern se leep enttäuscht. Ronaldo is mi ok leep ut Hand fall´n.

Lü ut de hele Welt hebben wi dor truffen; ok wenn hör Land dor gor nich biweer.
Vör dat Stadion hebben wi ´n paar Lü ut Blumenau sehn. Dat stunn an hör Hood.
Ik hebb maal een Sendung in Fernseh sehn, de van Blumenau berichten dee; dat is een dütske Stadt in Brasilien. Irgendwennehr sünd Dütsken dorhen utwannert un hebben hör Stadt Blumenau nömt.

De dree jung Lü harrn dütske T-Sirts an, een dütske Fahn bi sük un sük swartrood-golden Striepen up Wang maalt. Se kunnen ok ´n bietje dütsk proten. Ik hebb hör fraggt, of se al in Dütskland west weern. Nee, seen se, se würden dat geern, man se harrn dat Geld dorför nich.

Anner Dag sünd ´n paar van uns Gruppe na Rio de Janeiro henflogen. Dat wurr extra anboden. Van Salvador na Rio weern dat 2 860 km. Dat is bold dree Maal

so wied as Dütskland lang is. Brasilien is 24 x so groot as Dütskland.
In Rio harrn wi een Hotel an de Copacabana.

De Copacabana is nich blot een Straat; dat heel Viertel an de berühmte Strand heet so. Dor sünd blot Eenbahnstraten mit twee, dree of veer Spuren. De Blocks sünd teihn bit twalv Stockwarken hoog.
Dor geev dat ok Public Viewing, dor heetde dat Fifa-Fan-Fest. Van uns Balkon ut kunnen wi dor henkieken.

An de eerste Dag harrn wi noch Tied un sünd na de Zuckerhut hengahn. As wi de Gondels nakeken, wo se de Barg anhoog fahren, muchen wi dor nich mehr in. So hoog gung dat.
An de anner Dag wullen wi up de Christusstatue. Van dor boven hett man een heel moi Blick up Rio.
An disse Dag moken wi een Stadtrundfahrt un een -rundgang, dorna wullen wi up de Christusstatue. Vörmiddags fung dat al ´n bietje an to nieseln un dat wurr al lepe.
Na de Statue fahrt een Zog hoog un dormit sünd wi fahr'n. Van dor ut mussen wi noch heel völ Stufen bit na de eerste Plattförm henlopen. Man dat goot al in Strömen. Wi mussen up uns Foten kieken, dat wi nich in een groot Plack Water trappeln deen. Boven up de Plattförm hebben wi blot Regen sehn un grau Beton, wor de Statue van maakt is.
Up de Plattförm weer een Restaurant, man de weer proppevull. All de Lü weern dor nich to eten, de meesten wullen schulen*.

Dat weer so schaad! Nettakkraat an disse Dag muss dat regen.
De anner Dag flogen wi al weer weg.
Un anner Mörgen weer dat Weer so moi, beter kunn dat gor nich!

Ik hebb in Rio een moi Beleven hatt.
Anfang Märt 2013 hebbt wi in een Flughafen-Hotel in Hannover een Brasilianerin kennenlehrt. Se kunn blot portugiesisch proten un ´n paar Woorden dütsk, so as Goden Mörgen, Goden Dag un Gode Nacht, avers kien Englisch. Mit Hann un Foten hebben wi uns unnerholl´n. Wi hebbt hör vertellt, dat wi na de WM na Brasilien hengungen. Of se ´t verstahn hett, weet ik nich.

* *schulen = Schutz suchen*

Man tolesd hebbt wi uns Adressen uttuusket. Se wohnt ok an de Copacabana.

In Rio hebb ik een van de Reiseleiters fraggt, of se de Telefonnummer van Indayá, so heet se, rutsöken un hör anropen kunn. Se hett dat ok doon un Indayá is komen.

Wi weern so blied, dat wi uns weersachen.

Se is bit s´avens halv elm bleven. Een van uns Reiseleiters kunn Spanisch, dat kunn se ok verstahn. Se hett uns för de anner Avend inladen.
Över Dag harrn wi..... (de Dag mit Regen).

As wi bi hör ankwemen, harr se van alls updischt. Se wohnde in teihnte Stock nich wied van uns Hotel. Wi mussen uns eerst bi de Portjee anmelden. Ik denk, se is een van de Riekerden. Hör Wohnung weer moi inricht un se reist faken dör de Welt.
Wi mussen uns mit Hann un Foten un ´n Spanisch-Woordenbook, de ik mi besörgt harr, unnerholl´n. Man so good as ´t gung, hebbt wi dat henkregen. As ik hör fragen dee, wennehr se Geburtsdag hett, schreev se mi de eerste Januar up, avers nich dat Geburtsjahr. Ik denk, se is so in mien Oller. Up mien Fraag, of se ok Kinner hett, hebb ik dör hör Hann „blot nich" verstahn. Se hett ok noit verheiraadt west, mit Ring an Finger weer nix, geev se mi to verstahn. Avers ´n Fründ hett se hat, de weer Schauspöler. Een Foto van hüm hung an Mür.

De heel Wohnung hung un stunn vull Biller, de se sülvst maalt hett. Se hett Malerin west. Ik dürs mi een Bild utsöken. Een moi Blömenbild hebb ik mi utsöcht, de se ok signiert hett. Dat Bild hebb ik as Handgepäck mit in ´t Fleegtüg nomen.

De dicke Regenschuur up de Christusstatue is dör Indayá wett maakt. Ik weer so blied.
Eenmaal in ´t Jahr schrieven wi uns. Un ümdat ik hör Breven un Kaarten lesen un hör ok schrieven kann, lehr ik nu Spanisch.

To dat tweede Spöl mussen wi na Fortaleza flegen. Dat is boven in Nord - Osten van Brasilien. Dor geev dat ok de Bekers. Ditmaal mit: Deutschland x Ghana in Fortaleza am 21.06.2014.

Uns Gruppe hett dor för veertig Stratenkinner Tickets spendt, dormit se ok eenmaal in hör Leven een WM-Spöl ankieken kunnen. De Kinner hebbt sük dor leep över freit. Dat is ok van ´t dütske Fernsehen up mehr Programmen wiest worden. Namiddags sünd de Kinner mit uns in dat Stadion rinlopen. Dat Spöl weer spannend. Dat harrn de ut Ghana ok winnen kunnt! Man dat is bi 2:2 bleven.

In Brasilien fangt dat tegen halv seß al an, ´n bietje düster to worden. Üm seß Ühr is dat pickedüster. Dat is dicht an d´ Äquator.

Do gung dat na Gravatá. Dor hebbt Lü ut uns Gruppe tegen Lü ut Gravatá Football spölt. Een Blaskapell spölde de Nationalhymnen un de beid Mannschaften sünd in National-Trikots mit Kinner an Hand up de Platz lopen, nettakkraat as bi ´n Länderspöl. Brasilien hett do 4:2 wunnen.
De Brasilianers wullen geern, dat Dütskland in ´t Endspöl tegen Brasilien spölen dee, avers Brasilien muss denn winnen.
Wi weten, dat dat anners utgahn is. Wat weern se bedeent, as se 1:7 tegen uns verlor'n hebben! Avers do weern wi al weer in Huus.

Bi dat lesde Spöl in Recife tegen USA fung dat mörgens al an to regen un dat hett de heel Dag nich uphört. Wi hebben all Regencapes ut Plastik kregen, man wi sünd doch klitschenatt worden. Avers nüms hett dat wat utmaakt. To ´n Glück weer dat nich kolt. Dütskland hett dat Spöl mit 1:0 wunnen.

Kieneen harr vörher docht, dat Dütskland Weltmeister worden dee, anners weern wi de heel Tied ja dorbleven.

De Atmosphäre in de Stadien weer wat Besünners! Een Footballlied na de anner wurr dor sungen. Un denn seen se weer heel luud: Deutschland. Wenn een anfangen dee, gungen all annern mit. Stunn een vör mi up, muss ik ok upstahn. Anners kunn ik ja nich up de Platz kieken. Wenn de Laola - Welle bi uns ankweem, moken wi mit. De nich mitmaakt hebben, sünd utfleit worden.

De FIFA hett all Fahnen van de Banden ofnehmen laten, de sünd ok utfleit worden, „FIFA raus" wurr dor dusendstimmig ropen.

28. Juni sünd wi van Recife na Düsseldörp flogen, dit Maal dürde dat blot negen Stünn.
Wi all hebbt seggt, dat dat wunnerbaar 14 Dagen weern, de wi noit vergeten.

Brasil

Opas Tannen sünd weg

Opa hett de heel Mörgen na sien Tannen söcht. He weet nich, wor he de güstern Avend henleggt hett. Dat weet he noit, he geiht dor leep ruug mit üm. De hebben al maal up Warkbank legen of unner ´t Sofa. Do hett he Glück hat, dat Raudi, uns Hund, nich in Köken weer, anners harrn s´ kött west.
Man vandaag weern se nargens uptofinnen.
„Du hest de hat", „of du, geev dat man to"; elk un een kreeg Schuld.
Dorbi keek he so fileinig ut mit sien Prinz-Heinrich-Mütz up Kopp.
De sett he mörgens al futt up un de blifft up, bi he weer an Tafel sitt.

Wi hebben all mitsöcht, man se weern nargens to finnen. All hebbt wi ´t up Kopp stellt, man se bleven weg.
Nu muss ja elk sien Arbeid doon un Opa gung ok sien Padd.

Üm Middag kweem Opa weer in Köken.
„Hest dien Tannen funnen?", froog Oma hüm.
„Nee", knurrde Opa un smeet vergrellt sien Mütz up Sofa.
„Wat klötert dor denn?", fraggt Oma.

Dat weern Opa sien Tannen, de weern in de Prinz-Heinrich-Pool. De heel Mörgen hett he dor mit up Kopp rümlopen un hett dat nich murken.
Oma muss gniffeln, man Opa hett sück nix marken laten.

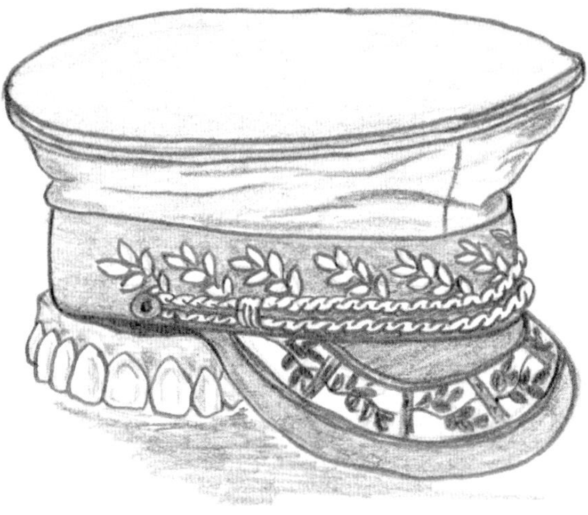

Mietnomaden

Ik harr noit docht, dat man up sükse Lü ´nmaal rinfall´n kunn; up Mietnomaden.

As se sük as de neei Mieters vörstellt hebben, weern se moi antrucken un harrn good Maneern. De Miete sull van ´t Sozialamt komen, seen se. Dat klung good, denn kweem dat ok ja elke Maant.

An Anfang geev dat Scherdereen, üm dat se dat Watergeld nich betahlen deden. Man as hör seggt wurr, dat se dat sülvst betahlen mussen, hebbt se dat ok doon.

Na een heel Sett sach de Tuun al verkomen ut. Man kunn hör dat ruhig seggen, se deen dat nich ännern!
Disse Lü hebben ja sooo völ Rechte! Heel Sett later seen de Nahbers, dat dor Rötten üm ´t Huus to lopen deen. Man de Mieters leten uns nich in Huus. Un so vergung Jahr üm Jahr.

Verleden Jahr weern se up eenmaal weg; eenfach uttrucken. Un dat futt na Krefeld. Dat Huus weer ja vull(müllt). Kien Platz mehr!
Wi weern blied, dat se weg weern. De Dochter wull dor geern wohnen blieven mit hör Mann un hör beid Kinner, dat darde Kind weer ok al unnerwegens. Se sull dat avers beter maken, as hör Oll´n, wurr hör seggt. Dat wull se ok! Man se hett dat nich schafft; se harr dat ok nich anners lehrt.

Na een Sett wurr hör Strom ofstellt un Heizung ofdreiht, ümdat se dat nich betahlen deen. Do sünd se ok uttrucken. Hör muss ok noch seggt worden, dat se dat Huus besenrein verlaten mussen. „Dat maken wi!", see de junge Froo.
Man as wi dor in dat Huus kwemen, kregen wi bold ´n Daalschlag. De Footdelen sachen ut, leper as in ´n Swienstall. Dor legen enkelde Socken, Schoh, Stifte, Müll, Spölreev un Hunn- of Kattschiet groff wegwisket. Avers ´n Bessen harrn se nich bruukt, wi hebbt dor ok kien funn´n. Dreemaal mussen wi utfegen, üm dat man sehn kunn, dat dat dor ´n bietje „schoon" weer. Flegenfängers vull Ungeziefer hungen in elke Ruum van de Decke of. Kinnerwaske hung buten noch an Lien.

Dat stunn nich blot unner in Huus vull Müll; boven sach dat nettakkraat so ut. Un up de Spitzböhn weer een Müllsack an de anner reeit, de vullstoppt weern mit allem, wat man sük denken kann, mit Klamotten, Papier, gebruukte Pampers, kötte Spölreev un so wieder un so wieder. All dörnanner. Elke Sack weer vullstoppt mit alls drin, wat man sük denken und ok nich denken kann. Van vörn bit achtern weer de Spitzböhn vullpackt.
Un nich blot dor! Nee, ok in Keller un in Schuppen. De Garage weer ok bit boven hen vull Müll. Dor kunn nix mehr in.
Een Container vull harrn de Oll'n al „entsörgt."

Wi hebben Sperrmüll anmeldt. Un an de Dag, as wi dat an d´ Straat henstellt hebben, hebbt wi dat mit acht Mann henbrocht.

Ik weet nich, wo völ Koffjemaschienen dorbi weern, wo völ Bettwaske, wat noch good weer. Kartonwies Geschirr un Schoh van de dürste Marke. All harrn se ´t dorlaten. Avers se kriegen ´t ja all in Hals stoppt. Se bruken dor ja nix für doon.
De Dör'n weern verneelt, dor mussen neein in. De Fensters gungen nich mehr open, sogor de stenen Drüppel hebbt se kött kregen.
In de een Kamer harrn se an d´ Mür schreven: „Wir leben in einem Ghetto!" Is doch kien Wunner, dat dor nüms up Visit komen mag, wenn dat dor so utsücht. Viellicht hebbt se ok nüms rinlaten; de Postkasten harrn se ok toklevt!

Bi de Gemeen hebb ik anropen, avers de seen, dat Mieters Privatsphäre hebben un nüms rinlaten bruken.
Ik finn, dat de Gemeen dor ruhig ´n Oog up smieten dürs, van de man al van buten sücht, wo dat binnen utsehn kann.
Se betahlen ´t ja ok all för sükse Lü!

Man de meesten sünd nich so! Blot wi harrn dat „Glück!"

Harm Törf

Dat is al lang her, do leevde in Nörden Harm Törf. He weer een pfiffigen Keerl. He dee de Lü Törf verkopen, de sülvst kien Moorstück harrn, üm Törf to graven. Wenn de Lü dat Törf nich foorwies kopen kunnen, dee Harm dat ok stückwies verkopen.
Un dat gung so: „Goden Dag, Frau Gerdes! Wo sücht ´t ut mit Törf? Könen ji ´n Foor bruken? Hart un all egal Stücken!"

Frau Gerdes see tegen hüm: „För een Foor hebb ik dat Geld nich, kann ik dat ok stückwies kriegen?"
„Seker doch. Wovöl bruken s´ denn?"
„Tell mi man hunnert Törfen of!"
„Ok good", see Harm un fung an to tellen: „Een, twee, dree, veer, fiev, seß - -
Is dat jo Jüngste dor? Wo old is de al?
Wat, teihn Jahr! Wat ´n fixen Jung, teihn, elm, twalm, darteihn - -
Jo Wicht, is de al kunfirmeert?
Wat, de is al fievteihn? De Kinner warsen een ja ut de Ogen,
fievteihn, seßteihn, söventeihn, achteihn, negenteihn - -
Is Heini al verheiraadt?
Ja? Ja, mit fievuntwintig word dat ok ja nödig Tied, fievuntwintig, seßuntwintig, sövenuntwintig, achtuntwintig, negenuntwintig, dartig, - -
Wo lang wohnen ji hier nu al?
Seßundartig Jahr?
Wo gau de Tied vergeiht! - -
Seßundartig, sövenundartig, achtundartig, negenundartig, veertig, eenunveertig, tweeunveertig, dreeunveertig, veerunveertig, fievunveertig, - -
denn sünd ji seker nu al bold an fievtig! - -
Veerunfievtig al? Dor sehn s´ avers nich na ut!
Veerunfievtig, fievunfievtig, seßunfievtig, sövenunfievtig, achtunfievtig, negenunfievtig, seßtig, eenunseßtig - -
Jo Moder, de leevt ja woll nich mehr! - -
wat, verleden Week tachentig worden? ´n moi Oller, tachentig Jahr un denn noch so ratt up d´ Been, - -
kann ok noch hör Huusholl´n alleen maken? - -

Tachentig, eenuntachentig, tweeuntachentig, dreeuntachentig, veeruntachentig, fievuntachentig, - -
Opa weer ja woll ´n bietje oller as sien Ollske? Mutt doch woll al an de negentig wesen? - -
Eenunnegentig!"

Un denn tellde Harm heel ehrlich bit hunnert wieder.

„So, Moder, nu smiet ik di dor noch twee Stück bi, wenn ´k mi eerst vertellt hebben sull. Un ik bring jo de Budel ok noch in Törfhuck! Un denn bit annermaal!"

Dat weern alltied blot ´n paar Groschens, de he sük up disse Aard un Maneer „verdeenen" dee, man dorför kunn he sük denn een Slaatje un een Paket Tabak kopen. Un he harr sien Freid doran, dat he de Lü so mit sien Proteree inwickeln kunn!

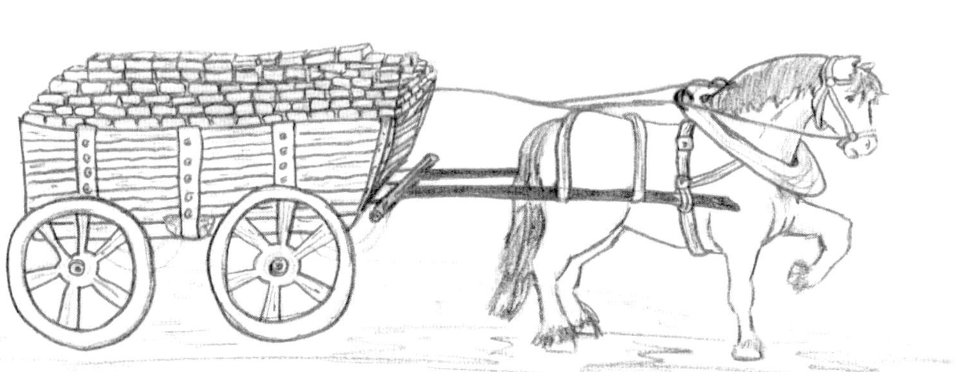

Och, well dat doch kunn!

Maiht sünd de Felder, de Stoppelwind weiht,
heel boven in Lücht mien Draak nu steiht;
de Rippen ut Holt, de Liev van Papier,
twee Ohren, een Steert sünd all sien Gezier.
Un ik denk, so drup liggen in sünnigen Strahl –
och, well dat doch kunn; blot een eenzige Maal.

Denn keek ik de Storke in sien Sömmernüst dor:
„Goden Mörgen, Froo Storke, geiht de Reis bold los?"
Ik keek in de Husen to d´ Schöstein herin,
„mien Papa un Mama, wat sünd ji so minn!"
Deep unner mi seh ik Fluss, Högel un Tal.
Och, well dat doch kunn; blot een eenzige Maal.

Un boven, heel hoog, up swindelnde Bahn,
dor packd' ik de Wulken, de segelnden, an;
ik leet mi besöken van Swaalvkes un Kreih´n
un kunn de Leverkes, de singenden sehn.
De Engels beluurd' ik in himmlische Saal.
Och, well dat doch kunn; blot een eenzige Maal.

Oma Henkel

Froo Henkel sitt weer in Ecke an hör leevste Stee un strickt Socken. Se is blied, dat sücht man hör an. Se prootjet geern mit de anner Minschen, de, so as se in dat Heim för oll Lü sünd. Ok mit Besökers proot se geern.

Dat weer nich immer so! Vör twee Jahr, as se hierher kweem, weer se heel trurig. Dat Huus, wor se in wohnen dee, wurr ofreten. Hör is woll een anner Wohnung anboden worden, man dor wull se nich hen. Do meende well, se kunn ja man in een Heim för oll Minschen gahn. „Mutt ik denn ja woll!", meende se do.

Na de tweede Weltkrieg is se mit hör Moder un hör Brör ut Schlesien flücht un hör Brör is unnerwegens stürven.

Se hett alltied bi hör Moder wohnt, de nu al twintig Jahr dood is. Heiraadt hett se nich un somit hett se ok kien Verwandten.

Se kunn sük dor eerst gor nich an wennen, mit so völ Minschen unner een Dack to leven. Blot to Etenstieden gung se na de Etensaal hen.
„All, de noch good to Foot sünd, mutten dorhen", hett een Swester tegen hör seggt. Se hett dat ok doon. Toeerst, üm dat se dat muss; man do is wat passeert, wat hör Leven verännert hett.

Se kweem van ´t Eten torügg, as een lüttje Jung hör vör d´ Foten leep. He weer so dree Jahr old.
„He, lüttje Fent, wor hörst du denn to?", froog se hüm.
„Dat is mien Jung", see een Froo.
„Wat ´n moi Jung. Wo heetst du denn?"
„Lukas. Un wo heetst du?"
„Minna", see se.
„Disse Mütz hebb ik van mien Oma kregen. Se hett de maakt", see he un wiesde hör sien Pudelmütz. Do reep sien Mama hüm.
„Tschüüüüs Minna!", reep he in ´t Weggahn.

As se in hör Kamer satt, muss se allmanweg an de lüttje Jung denken.
„Ik kann versöken, of ik noch breien* kann", doch se so. „Premen* hebb ik noch. To ´n Glück hebb ik de nich wegsmeten! Un Garn mutt mi well besörgen."
Een van de Swesters besörgde hör Garn un do gung dat los.
Wovöl paar Socken se al breeit hett, weet se nich, se hett hör nich tellt.

Dat Froo Henkel moi breien kann, hett sük al rümproot. Of dat Socken, Hansken of Mützen sünd; se kann alles.
„Hett de Oma Henkel breeit?", heet dat denn. Se heet blot Oma Henkel.
Se is dor ok gor nich dür mit!
„Wenn ik dat Geld för dat Garn man weerkrieg, denn is dat good.", seggt se.

So kweem dat, dat een lüttje Jung Freid in hör Leven brocht hett.

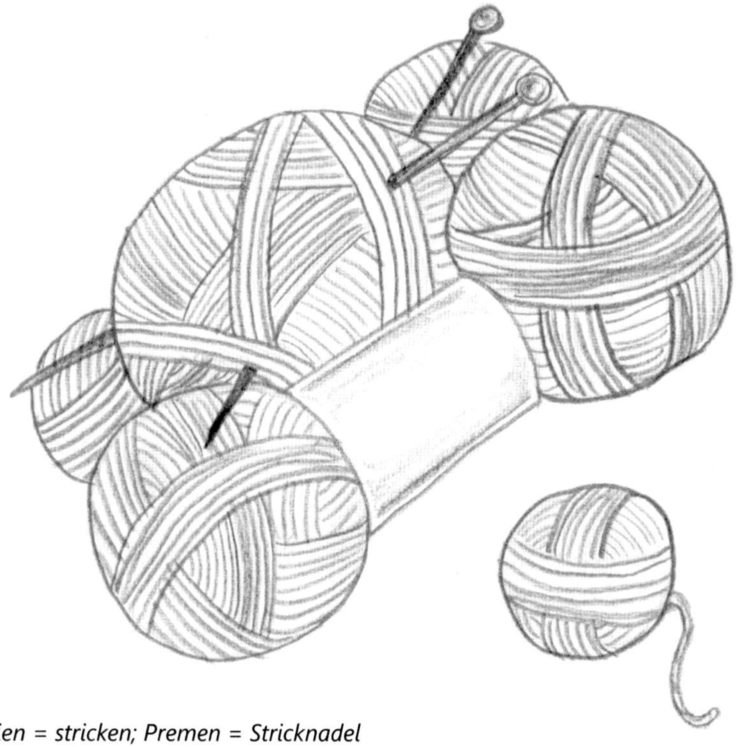

* *breien = stricken; Premen = Stricknadel*

Hansi

Hansi weer uns Lachduuv. He hett uns völ Freid maakt.

Fröher harrn völ Buurn een moi ut Holt gesnitzde Käfig över de Stuuvdör hangen, wor een of twee Lachduven inweern. Mien Opa, mien Unkels un uns Nahbers harrn de ok.

Later, as man een Teppichboden in Stuuv harr, weer dat ´n Kleieree mit de Duvenfeern. Dormit weer dat denn doon.

Mien Ollen hebbt laterhen maal een Duvenküken kregen; de weer bi hör in een eenfache holten Käfig, avers achter in Flur, wor Fliesen weern, de man fegen un feideln kunn.

Se hebbt hüm Hansi nömt.

Hansi weer ´n heel leev Duuv. Wenn well rinkweem, de he kennen dee, denn flog he van Grund up sien Stang un reep sien „Kukeruhhh oah", woll bit to teihn Maal achternanner un mook dorbi een heel deep Diener. He dee sük dor richtig bi uppluustern.
Wenn he de nich kennen dee, laggde he eerst ´n paarmaal un denn reep he. Man dor geev dat ok well, de hüm targen dee. Denn flog he nich up de Stang, he leep denn allmanweg in sien Käfig hen un her un laggde so lang, bit de in Köken weer.
För uns weer dat so, as wenn he de utlaggen dee. Wenn de denn ok noch ´n Finger in sien Käfig steken dee, denn beet Hansi dor in.
Wi wüssen genau, wenn dejenige up Visit kweem.

Ik hebb ok noch völ van Hansi hat.
He much geern in sien Nacke kraueld worden. Dorbi settde he sük in de linke Ecke hen un mook sien Ogen dicht.
Enes Dags seet he blot noch unnern in de linke Ecke, reep un fratt nich mehr. He weer avers blied, wenn ik hüm kraueln dee.
Een paar Dag later lagg he dood in sien Käfig. Ik weer heel trurig.

In Tuun hett he ´n moi Stee kregen, wor ik een Roos up plant hebb.
För een Duuv is he old worden, nämlich seßteihn Jahr.
Ik denk heel geern an uns Hansi!

De Sömmerweg

In mien Kinnertied geev dat överall Sömmerwege. Se weern an Sied van de Klinkerstraat. Dat weer een Sandweg.

In Sömmer lepen wi mit bloot Foten dör dat warm Büdelsand.
De Buurn fuhr'n mit hör leeg Ackerwagen över de Sömmerweg, wenn hör een mit ´n vull Wagen tomöt* kweem.

Winters lepen wi ok över de Sömmerweg, dor weer dat nich so glatt. Dor keek of un to ´n bietje Gress dör. Winters geev dat elke Jahr Sneei un Ies.

De Straten, de nich so wichtig weern, weern blot Sömmerwege. Tegen de Sömmerweg weer een lüttje Göt un dortegen een Padd. An beid Kanten weern depe Schloten.
De Osterstraat in Holtland bi mien Oma un Opa weer so ´n Sömmerweg. Wi muchen dor geern mit Rad langs fahr'n. Dat mook so völ Spaß! De Sömmerweg weer nämliek een Berg- un Talbahn.

De Melkwagen muss dor ok langs. Ik kann mi nich begriepen, dat de Melkbummen dor nich ofpultert sünd.

So na un na sünd de Sömmerwege all wegkomen.
Vandag gung dat sowieso nich mehr, bi de völ Autos. Domaals harrn ja blot ´n heel paar Lü een Auto.

Man de Sömmerweg tegen de krumm Klinkerstraat vergeet ik noit.

* *tomöt = entgegen*

De interessante Bluus

Hella hett twee Week in Amerika west un hett dor hör Verwandten besöcht. De Vörfahr'n weern üm 1900 utwannert.
Een heel moi Tied hett se dor verbrocht.
Hör Verwandten hebben hör völ van Amerika wiest. Ok in Geschäften hebbt se rumstöbert. Dorbi hett Hella een heel interessante Bluus sehn. Een witte Bluus mit groot blau Blömen drup un heel besünners maakt.
Se hett de Bluus anprobeert un ok köfft. Maal wat heel anners un wat besünners.
„De treck ik up de Trauung van mien Süster an!", see Hella. „De sölen kieken, dat ik een Bluus ut Amerika anhebb!"

De Hochtied weer twee Week later, nadeem se weer in Dütskland weer.
An de Dag van de Trauung truck se hör neei Bluus an un weer stolt, dat se sük för hör Süsters Hochtied wat Besünners köfft harr. Se freide sük al up de Ogen van de annern.
Een eng Rock hett se dorbi antrucken, de de sülvige Farv as de Blömen in de Bluus harr. As se in Spegel keek, doch se: „Sücht dat toll ut!"
Üm elf Ühr weer de standesamtliche Trauung. Hör Brör mit sien Froo un hör anner Süster mit Mann weern ok al dor. Un dor stunn noch well, de......
Se keek noch ´nmaal hen un doch, dat gifft ´t doch nich. Dor stunn een junge Froo, de harr de sülvige Bluus an as se!
Van de Woorden, de de Standesbeamte seggt hett, hett se nich völ mitkregen, se muss allmanweg disse Froo ankieken.
As de Trauung ut weer, geev dat noch ´n Glas Sekt. Dorna is se na de junge Froo hengahn un hett hör fraggt, of se ok in Amerika west hett.
„Nee, wieso?", froog se torügg.
„Wor hebbt se denn de Bluus köfft, de se anhebbt?"
„Bi Böckmann in Rajen, wieso?"
Erst wull se dat nich seggen, man do doch se, is ok nettgliek.
„Ik hebb de in Amerika köfft! Dür ik even up dat Etikett kieken?"
„Seker doch", meende de junge Froo un dreihde hör de Rügg to, so dat se up dat Etikett kieken kunn.
„Made in USA. All klaar! Danke!"
Hella doch do blot: So lüttjet is de Welt worden.

Ansichten

Is nich all Gold, wat glänzt,
nich all Stahl, wat Blick is,
nich all krank, wat School swänzt,
nich all slimm, wat frech is.

Is nich all slecht, wat ruckt,
nich all good, wat wahr is,
nich all Regenwurm, wat kruppt,
nich all rein, wat klaar is.

Is nich all Hund, wat bitt,
nich all moi, wat bunt is,
nich all Leevde, wat so heet,
nich all Geld, wat rund is.

Is nich all Buuk, wat brummt,
nich jede Pott een Kedel,
nich all Fett, wat boven swimmt,
nich jede Blatt een Zedel.

Is nich all Boom, wat kiemt,
nich elke Oll is klook,
nich all Dichtung, wat sük riemt,
paar Sieden sünd lang kien Book.

Du worrst in een Schuuvlaa stoppt,
of du dat wullt of nich.
Do wat du wullt, so heet dat doch,
avers överdriev dat nich!

Stanislaus

In Anfang van de 1960er Jahr´n satt laat in Harvst bi uns een lüttje swart Katt up Huusdördrüppel. He trillde vör Koll un Haar stunn hüm to Barg. He weer heel tusterg[*] un fung an to jaueln, as he uns sach.
So as dat utsach, weer he eerst in Harvst gebor'n un utsett worden.
Mien Mama hett dat lüttje Ding heel vörsichtig anpackt un mit in d' Köken nomen. Toeerst hett se een Teeschöddel vull Melk goten un de vör hüm henstellt. Dat arm Ding harr so ´n Döst, he harr dat Schöddelke futt leeg. Man he kreeg nich mehr. Mama see, dat he sük de Maag verdarven kunn, wenn he up eenmaal to völ drinken dee.

Wi harrn do in Köken noch een Stangenovend mit een Bradovend. De lüttje Katt kweem in een Stoov up een oll Hanndook. Un de Stoov wurr unner de Ovend schoven.
Wi hebbt hüm Stanislaus nömt, ümdat he pickswart weer. Na dat Lied van Siv Malmquist: „Schwarzer Kater Stanislaus."
Mehrmaals up Dag kreeg he sien Melk un ´n bietje Botter, dat much he ok geern.

Na een Sett weer nich mehr so struuv[*] un harr ok al wat tonomen. Mörgens muss he futt na buten, man he weer d´r ok gau weer. Denn kreeg he sien Melk. Dor kunn he nu al mehr van verdragen. Man dat mook nix, wi harrn ja Kohje.
Sien Stee weer de Stoov unner ´t Ovend.
Tegen Vörjahr weer he mehr buten as in Huus un broch ok of un to een Muus as Geschenk mit. He weer so anhängliek, satt geern up Schoot un snurrde. He hörde ok up sien Naam.

In dat anner Vörjahr kweem uns Stanislaus up eenmaal mit dree lüttje Kattjungen an. Wi harrn uns al wunnert, dat wi hüm nich sachen.
De een weer heel swart, de anner swartwitt un een dreeklört.
Dat weer gor kien Stanislaus!
Avers de Naam hett se/he hollen.

* *tusterg, struuv = struppig*

Willm un dat Swartbrood

Bina un Willm moken Urlaub in Berchtesgaden. Hör Dochter hett hör dor henbrocht un wull hör twee Week later weer ofhalen.

Se harrn een heel moi Ferienwohnung. Elk hett sien egen lüttje Slaapkamer kregen. Willm mutt nämliek nachts faker upstahn. Man ok, ümdat he heel fell snurken deit. De Beid sünd dor al an wennt, dat se getrennt slapen.

Elke Dag sünd se up Tour west, eenmaal hierhen, eenmaal dorhen. In de Gegend word genug anboden.

Na twee Week kummt hör Dochter un will hör weer ofhalen. Se hebbt hör Saken al binanner packt. An de lesde Dag gahn se alltied hen to fröhstücken. Se fahr´n üm negen Ühr los un gahn in een moi Restaurant.

Se worden ok futt fraggt, wat se denn geern hebben muchen. „Een Fröhstück mit alls, wat dat so bi hör gifft", seggt Willm.
Se kunnen sük an dat Fröhstücksbuffet bedenen un ok noch wat extra bestellen, see de nette Froo.
Willm bestellde sük Swartbrood mit twee Spegeleier. Bina un hör Dochter harrn sük ok wat Leckers utsöcht un settden sük hen. Se leten sük dat good mundjen.
Up eenmaal murk Willm, dat dor wat Harts in dat Brood weer. He namm dat hart Stück ut Mund un sach, dat dat een van sien Tannen weer. He hull d´ Hand vör sien Mund, dat sien Frau un sien Dochter dat nich wies worden. He leeg sien Mest un Gabel bisied un drunk sien Koffje up.
„Wat nu, Willm, büst al satt? Hest dien Spegeleier ja noch gor nich upeten!", see Bina.
„Ja, hest ok recht, de mutt ik wenigstens upeten. Man völ Hunger hebb ik gor nich!"
He mook sien Mund blot ´n bietje open, dat de Beid blot nich sachen, dat hüm een Tann fehlen dee. Anner Dag wull he futt up Stee na sien Kusendoktor hen. Dit weer ja een Notfall.

Willm stook sük dat tweede Stück Brood in Mund, dorbi brook hüm noch een Tann of. Nu kunn he dat nich mehr torügg hollen. He wees Bina un sien Dochter de ofbroken Tannen.
De fungen heel fell an to laggen. De Lü, de dor sitten deen, keken all na hör hen, man de Beid kunnen nich uphör´n. Willm keek hör heel verdredelk an, man do mussen se noch feller laggen.

He hett nix mehr eten, blot noch sien Koffje updrunken.
As Bina un hör Dochter satt weern, hebbt se betahlt.
Allmanweg fungen se unnerwegens an to guffeln.

Tolesd see Willm: „Dat harr ´k noit docht, dat ji mi so utlaggen deen!"
Un weer mussen se laggen, wenn se Willm mit sien kötte Gebitt proten dee.
De beid Tann weern nämliek vörn ofbroken.

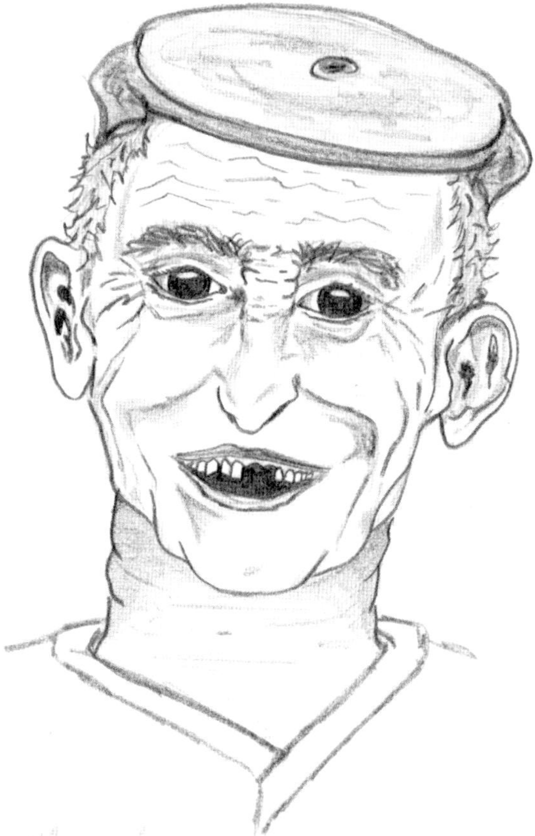

Septembermaant is Plattdütskmaant!

Well hett vör fievtig Jahr woll ahnt,
dat bold uns Platt sall unnergahn!
Wi mutten dor doch wat för doon
dat ´t nich so kummt un dorüm ran
un proot mehr platt, de dat noch kann.

Wenn elk, de ´t kann, dat ok noch deit,
hebbt heel bült Minsken doran Freid.
Völ Firms hebbt dat to ´t Hauptsaak maakt,
för disse, de Septembermaant.

Uns Platt, dat is een egen Spraak,
un ik segg nu in egen Saak:
Tweesprakig sünd wi blot Oostfresen,
dat dür´n wi doch nich verlesen!?

Ik bün drup stolt, dat ik dat kann.

Kater Bob

James Bowen is 1979 in England gebor´n.
Nadeem sien Ollen sük trennt hebbt, wannert sien Moder mit hüm na Australien ut. Dor trecken se heel faken üm. Mit sien Steefvader versteiht he sük överhoopt nich.
Na all de Schoolwessels geiht he tolesd ok nich mehr na d´ School hen. Mit achteihn Jahr geiht he weer na England torügg.
In London versöcht he een Neeianfang bi sien Steefsüster, man dat klappt ok nich. James landt up Straat un raakt heel gau an Heroin. He is heel unnern un hollt sük mit ´n bietje Stratenmusik över ´t Water.

Na een Heroin-Entzug kriggt he een Sozialwohnung in dat Londoner Stadtdeel Tottenham.

Enes Avends, as he van sien „Arbeid" na Huus henkummt, sitt een geel Kater in Flur. De Kater hört woll nargends hen, denn he löppt James överallhen na. He nömt hüm Bob. Van sien lesde Geld geiht James mit hüm na een Derendoktor. He lett hüm unnersöken un impfen.
Van dor of an fahrt Bob elke Dag mit James in U-Bahn. He sitt ok bi hüm, wenn he up Straat Musik maken deit.
Dordör, dat James sük üm de Kater kümmern mutt, word he een heel anner Minske.

2008 fangt he an, de Stratenzeitung „The Bigg Issue" to verkopen. Bi uns heet de „Asphalt".
Ümdat Bob tegen hüm sitt un ok lüttje Kunststückjes maakt, verköfft he völ mehr as vörher. Eenige Lü bringen hör sogor wat to eten un Geschenke för Bob. Annern stricken Bob lüttje Schals.
Bold sünd de Beid stadtbekannt.

Över disse besünner Fründskupp tüschen James un Bob hett Mary Pachnos 2008 een Book schreven. 27 Weken hett de up Bestsellerliste stahn.
Över 2 Millionen Boken sünd verköfft un in 37 Spraken översett worden.

De Geschichte as „Bob, der Streuner" weer ok al in Kinos to sehn.

James lett sien Leven van een Schauspöler spölen, man Bob spölt sük sülvst.

Katovice

Mit mien Fründin bün ik ´nmaal na Polen henfahr´n.
Dor harr ik Bekannte, de mi in de söventiger Jahr´n anschreven hebbt, of ik hör woll Koffje, Zuckerlaa un gebruukte Kleer stüren kunn.
Völ Paketen sünd dor röver gahn. Enes Dags bün ik dor sülvst henfahr´n, mit ´n Auto vull Reev, dat se bruken kunnen.

Bold elke Jahr bün ik in Sömmer för een Week na Zimna Wodka in Schlesien fahr´n, up dütsk heetde dat vör d´ Krieg Kaltwasser. Un elke Maal kweem ik mit ´n Auto vull Tuffels, Tomaten, Appels un wat dat anners noch all in Tuun geven deit, na Huus.
Anton un Marie weern heel leev Minsken; se wull´n mi ok Good's doon.
Se prootden noch dütsk; man hör Kinner nich mehr. Se dürsen van een Dag up anner blot noch polnisch proten. Un Kinner verraden sük noch al licht, dorüm hebbt se mit hör Kinner blot polnisch proot.

Enes Dags froog mien Fründin mi, of se ok maal mitfahr´n dürs. Ik hebb mi docht, dat Marie dor nix tegen harr un so weer dat denn ok.

Up de Henfahrt sach se een Schild mit dat Woord „Katovice", dat heetde fröher Kattowitz. Do see mien Fründin: „Könen wi dor mörgen henfahr´n? Dor bün ik gebor´n!"
Ik kreeg ´n Grieseln över mien Leven. Se harr dor noit van proot, wor se gebor´n weer. Se wohnde in Auerk un kweem egentlik ut Bochum. Un dorüm doch ik, dat se dor ok gebor´n weer.

Anner Dag sünd wi na Kattowitz fahr´n, man se wüss nich mehr de Stee, wor se gebor´n weer. Se weer dree Jahr old west, as hör Moder mit hör, hör Süster un hör Brör na Westdütskland komen is; mit ´n Handwagen hett se mi do vertellt. Se harr Tranen in Ogen, as wi dor ankomen deen. Un ik kunn se ok nich torügg hollen.

Man ik harr hör heel düchtig blied maakt.

Mauderspraak

Mauderspraak is de Spraak, de man van sien Mauder bibrocht kregen hett.

Plattdütsk word in Oostfreesland nich överall gliek utproot.
Mien Platt is van Holtland un völ Woorden heten anners as in Flassmeer of up ´t Fehn.
In Holtland gahn wi mit Bauk un Dauk na d´ Schaul tau. Up ´t Fehn, of in Warsingsfehn un of in Westrhauderfehn, dor gahn se mit Beuk un Deuk na d´ Scheul teu un in Westoverledingen gahn se mit Beauk un Deauk na d´ Scheaul teau.
Ok eenige Woorden kennt man blot in bestimmte Gegenden. Een Hei- of Strohschelf gifft dat blot in Holtland bit na Remels.
Nadeem heet in Holtland naast, een Spraa heet in mien Platt Spree, of ´n Storke heet Stürk un een Knüpp heet Knürt.

As ik Anfang 70er Jahr´n in een Geschäft in Ihrhov ´n Rausenscheer kopen wull, hebb ik een Rasenscheer kregen. Ik muss dat up Hoogdütsk seggen, anners harr ik de verkehrde Scheer mitkregen, Rosenschere is in Holtlanner Platt ´n Rausenscheer.
Kauhje heten in Westoverledingen Keauhje, in Holtroper Gegend Melkbeest of Kauhdeern.
Ok Speckendicken kenn ik van Huus ut nich.
Un wenn een seggt, he hett kien Deit in Büs, denn kummt he ut Rheiderland.
Üm dat nich elk sien egen Platt upschrifft, gifft dat een Woordenbook, dormit dat all gliek schreven word. Un dat is ok good so.

Fröher hett man de lüttje Kinner ok noch de Babyspraak bibrocht. Een Muhmuh weer een Kauh, een Tipi een Kalv, een Hießi een Perd, een Butti een Schwien, een Zicki een Zeeg, een Tüti een Henn, een Kükerükü een Hahn, een Wauwau een Hund, een Pußi een Katt un een Piepvögel weern all Deren, de flegen kunnen. Dat is to´n Glück beter worden.
Ik finn dat moi, dat ok in School´n un Kinnergarens weer mehr Platt proot wordt, of dat Holtlanner Platt is of ut WOL, dat is doch nettgliek.
Elk sall sien Moderspraak wiederproten; wi verstah'n uns ja un dat is wichtig.

Gallimarkt

Nu is dat al weer ´nmaal so wied:
Wi fier'n de fievde Jahrestied.
To d´ Gallimarkt in uns moi Leer
bruuk wi ditmaal Winterkleer.
Is natt un kold as lang nich mehr;
för de Beschickers een Malör.

Man ok dat Weer hollt uns nich up,
elke Oostfrees, de freit sük drup:
Berliners, Bradwurst un een Aal;
so disse Rieg un nich tomaal.
In Karussells, an Losenbuud,
man lett nich geern dorvan wat ut.

Heel völ, de gahn ok faker hen,
bit anner Jahr is dat noch ´n Enn!

De Ahnentafel

Froo Gerken is Wedefroo un leevt alleen.

Se is nettakkraat an d´ Tuffels schillen för ´t Middageten, as dat Telefon geiht. Se wunnert sük, dat üm disse Tied well anröppt. Egentlik klingelt das Telefon nich faken. Hör Söhn hett seggt, dat se de hebben muss, för de Fall, wenn wat passeern dee. He leevt mit sien Familie in Hambörg un elke Saterdagavend röppt he bi sien Mama an. Denn hebben se sük völ to vertellen.
Man nu weer ja noch kien Saterdagavend. Well kunn dat wesen?
Se nimmt de Hörer of un meldt sük mit hör Naam.

„Moin, Tant Hanni. Hier is Dieter, dien Neffe ut Simonswold. Wo geiht di dat?"
„Moin Dieter. Mi geiht dat good. Hebb ja lang nix van di hört!"
„Ja, dat stimmt woll, man nu roop ik di ja an."

Dieter weer de Söhn van hör Brör. Wat de woll will, doch Froo Gerken.
„Is wat besünners?", fraggt se.
„Nee, dat heet ja, wenn du so wullt. Ik bün bi de Ahnentafel un dor fehlt mi noch so allerhand van de Familie Wübbels. Du büst doch de eenzigste, de ik noch fragen kann."
„Ja, denn scheet man los."
Froo Gerken weer leep neeisgierig up de Fragen.
„Toeerst fang ik bi di an. Du heetst seker nich Hanni!"
„Nee, ik heet Johanna", see se.
„Hest du ok Tüskennamen?"
„Ja, ik heet noch Klaasine Alberta. Klaasine na mien Opa Klaas un Alberta na mien Unkel Albert; de is in de eerste Weltkrieg fall´n."
„Also Johanna Klaasine Alberta. Klaasine mit twee a?"
„Ja. So genau musst du dat weten?"
„Ja. Un du büst an 16. Januar 1928 geboren!"
„Nee, an 16. Jannewor 1929."
„Un wor büst du geboren?"
„In Timmel, in dat Huus, wor dien Papa ok geboren is. Mien Brör is ja up de Plaatse bleven. Dat musst du all weten?"

„Ja, ik hebb een Programm köfft, dor kann man ´t all insetten. Wennehr well geboren un stürven is, wor de traut is, wo de Kinner un Enkelkinner heten, unsowieder."
„Ik will di woll helpen, man dat weet ik nich all ut Kopp. Avers ik hebb ´n Trumm* up Böhn stahn, dor is alls in. Ik hebbt ´t all upburgen. Musst du de Daten van mien Süster ok hebben?"
„Hest du noch ´n Süster? Dat weet ik ja gor nich!"
„Ja, avers de is al stürven, do weer se noch gor kien Jahr old."
„All man her d´rmit," see Dieter. „Wennehr büst du denn so wied, dat du mi dat geven kannst?"
„Koom man Sonndagnamiddag to Tee. Musst dien Froo avers mitbringen."
„Dat will ik geern doon. Besten Dank, Tant Hanni."

Dieter weer so blied.
Froo Gerken ok; nu harr se ´n Upgaav un se wurr bruukt.
Se gung futt na boven, üm to kieken, wat se noch all harr.

Dor stunn de groot Trumm, wor ´t all in weer; Inladungen to Sülvern un to Golden Hochtied, Dodesanzeigen un wat d´r noch all van Dag kweem. Un heel völ wüss se noch ut Kopp. Dor kunn se Dieter mit blied maken.

Se freide sük al up Sönndag.

* *Trumm = große Blechdose*

De Gewinn

Rieki is blied. Se hett Bescheed kregen, dat se bi een Priesutschrieven wat wunnen hett, een Geschirrspöler.
Elk un een hett se dat vertellt, so blied is se doröver.
Noch noit hett se wat wunnen un nu een Geschirrspöler.

Hen un denn maakt se bi Priesutschrievens mit, avers blot, wor sük dat lohnen deit. Nich, wenn man lüttje Parten winnen kann.
Se weet nich mehr, wennehr se mitmaakt hett. Avers, dat is hör nettgliek. Wunnen is wunnen.

„De oll kann nu ja weg", meende se to hör Mann.
„Nee, de laat man stahn, anners muss du bit dorhen mit Hand ofwaschen. Kannst de Tied woll nich ofwachten?!"
„Nee, ik frei mi dor so up. Un de oll is ja ok al ´n Dag oller. Nu kann wat Neeis komen. Un dat ümsünst. Is dat nich moi?", laggde se.
„Ja, dor hest du wiers Glück hat."
„Wor mutt man de oll denn entsörgen?", fraggt se.
„Dor fraggst mi wat. Avers dat worr ik woll wies."

So gung disse Dag hen un de heel Week. Nix dee sük. Wenn man up wat wachten deit, denn dürt dat all langer.

Enes Dags kweem hör Mann mit ´n lüttje Päckchen in Köken, de hüm de Postboot in Hand drückt harr.
„Hest du wat bestellt?"
„Nee, ik koop dat lever in Dörp. Weetst du doch!"
„Kunn ja wesen, dat du wat Mois in Katalog sehn hest."

Rieki mook dat Päckchen open. Se keek dor in un noch ´nmaal.
„Dat dürt doch woll nich wahr wesen", reep se.
„Hier, een Tassenbössel. Dat is de Geschirrspöler, de ik wunnen hebb! Man de kriegen een Breef hen, dor verlaat di up."
„Dat is avers een Geschirrspöler, kann man nich anners seggen", meende hör Mann, „woll een anner, as du verwachten deest, avers dat is een!"

Asso, een gode Fründ!

Mimi un Eggo weern Anfang söventig un noch good to Been.
Mimi hör Mann weer vör seß Jahr stürven un Eggo sien Froo weer twee Jahr dood.
Se wohnden in een Dörp un kennden sük good. As Eggo nich mehr allennig wesen much, hett he Mimi fraggt, of se nich binanner trecken wullen. Mimi wull dat woll, man se wull in hör Huus blieven. Dat weer Eggo recht. So kweem he na Mimi hen.
Man as he sach, dat se een Hund harr, hett he futt seggt, dat de Hund weg muss. He much absolut kien Deren lieden.
„Nee“, see Mimi, „de Hund hebbt wi kregen, do weer he ´n halv Jahr old un nu is he acht Jahr. Wor sall de denn hen?“
„In een Derenheim!“, meende Eggo.
„Kummt nich in Fraag“, see Mimi resolut.
„Avers denn blifft he nachts buten. Ik bau hüm een moi Hunnhütt, dor kummt denn Hei in un denn liggt he ok moi warm!“
Mimi wull hör Hund lever in Huus hollen, avers hett denn doch nageven. Se dürs dat troo Deer wenigstens hollen.

Asso weer een SKM, een Stratenkötermischung, man he leet interessant un paßde good up.
As he de eerste Avend buten blieven muss, keek he Mimi heel bedurelk an. Mimi kweem dat leep an. Se sull Eggo woll so wied kriegen, dat he tostimmen dee, dat Asso nachts in Huus blieven dürs, weern hör Gedanken.
Man so wied kweem dat gor nich. Enes Mörgens leeg Mimi dood in hör Bedd; nich een Stünn harr se krank west.

Eggo leep dorna elke Dag na Mimi´s Grafft un prootde sien Kummer van ´t Hart.
De Nahbersfroo versörgde Asso so, dat he kien Krök* lieden muss.
Se harr Asso alltied bi sük hat, wenn Mimi un hör Mann in Urlaub west weern. Kinner harrn se nich hat.

* *Krök = Mangel*

Asso leep Eggo meesttieds na, avers so, dat Eggo hüm nich sach. So ok an disse Dag.
As he an dat Poortje van d´ Karkhoff kweem, sach he dor een dicke Katte sitten, de in Sünn dösen dee. Asso much kien Katten lieden, dorüm mook he een groot Boog üm hör to. As he weer na Mimis Grafft kieken dee, weer Eggo verswunnen. He rennde dorhen un sach, dat Eggo tegen dat Grafft liggen dee. He leep in Sprang na de Nahberske hen un blekde so fell, as he kunn. So harr se hüm noch noit bleken hört. He leep ´n paar Tree rüggels un blekde all wieder, bit de Nahberske begriepen dee, dat dor wat Leeps passeert weer.
Se kunn gor nich so gau as Asso lopen. Up Karkhoff sach se denn ja, wat los weer. Nett as wenn ´t so wesen sull, harr se hör Handy in Loop mitnomen un hett futt de Nooddeenst anropen. De weern heel gau dor un hebben Eggo in ´t Krankenhuus brocht. He harr een Slaganfall hat.

Na seß Week is Eggo weer na Huus henkomen, na de Krankenhuustied un de Reha.
Asso satt buten in sien Hunnhütt un keek hüm an. Eggo is nu dor achterkomen, wat dat för een troo Deer was.
„Kumm man even“, seggt he to Asso. Asso kweem heel sacht ankrupen.
„Du hest mi ´t Leven rett´t, van nu of an bliffst du nachts in Huus.“

Van de Dag of an sleep Asso weer nachts in Flur, in sien warm Nüst.

Melken fröher un vandag

In de seßtiger Jahr'n harrn noch völ Familien een lüttje Landwirtschaft mit Deren. Elk harr ´n paar Kohje, Kalver, ´n paar Swien'n in Huck to slachten, Hohner, Gansen of Anten, een Hund un ´n paar Katten. Een Peerd, de man to d´ Arbeiden bruken dee un wat dor noch all so löppt.
Wi harrn dat ok. Man dor is ok völ Arbeit mit.

Fangen wi maal bi ´t Melken an. Elke Mörgen un Avend muss man, wenn de Kohje buten weern, de Kohje eerst binanner halen. An ´t Heckstee harr man de Melkbummen al stahn mit ´n Teemske drup. Teemske is een Sieb, de dat Melk schoon hollen deit.

Mit ´n Brettstohl un een 10-Liters-Emmer in Hand gung man na de Koh, de man melken much. Na so ´n vördel Stünn harr man de Koh utmulken. Denn wurr dat Melk dör de Teemske in de Bumm goten. Denn gung dat wieder, bit all Kohje mulken weern. Dat geev ok Kohje, de hauen deen, man de harr´n wi nich lang, de wurrn gau verköfft. Of de mit Steert hauen deen; denn muss man sien Kopp even na anner Sied hendreih'n.

Mörgens na ´t Melken wurrn de Bummen na d´ Straat henbrocht, wor de Melkwagen langskweem, de Bummen upladen un na d´ Molkeree bringen dee. De Melkwagen harr dor twee Peer för. Na een paar Stünn kreeg man de leeg Bummen weer. Jenadeem, of man Magermelk, Karnmelk, Käs of Botter hebben wull; dat harr de Melkwagenfahrer mitbrocht. Elke Huus harr sien Nummer. Wi harrn Kannennummer 115.

Dorna wurrn de Bummen un de Teemske schoonmaakt un ümgedreiht up dat Bummrackje* henstellt.

Ik hebb alltied geern melken doon; blot sönndags nich, wenn de Lü mit Rad bi uns langs fahr'n deen. Denn harr ik ok geern free hat.

Un vandag gifft dat man ´n paar Buurn mehr, mit fievtig, hunnert un mehr Kohje.

Man is all anners worden. De bruken nich mehr mit Hand melken. De hebbt een Melkanlaag, wor de Kohje vansülvst hengahn. Elke Koh hett sien Stee, wor he stahn mutt. De hebbt ok ´n Anlaag, wor se unnerkrupen könen un sük bösseln laten. Een groot Melkwagen hollt dat Melk of.

Blot dat de Deren up Glürsen* lopen mutten, dat will mi nich in Kopp.
Fröher kregen se Stroh unnerstreit, dat weer warmer!

* *Bummrackje = Lattengestell; Glürsen = Schlitze*

Kien Tied!

Selma weer een flietige Froo, se kunn alles. Of man in Tuun kieken dee of in Huus; överall weer dat schier un schoon.

Wenn dat in ´t Vörjahr anfangen dee to bleih´n, stunnen dor Sneeiglockjes un Krokussen bi Dotten. De Osterblömen harr se as Strußen dortüsken stahn. Tulpen bleihden in all Grötten un Klör'n*.
De Lü bleven faken stahn, üm dat to bekieken.

Se harr hör Tuun so anleggt, dat to elke Tied irgendwat bleih´n dee. Lavendel stunn tüsken Rosenstammen, üm dat se dat Ungood mit mehr as twee Been ofwimmeln sull´n. De Rasen harr se alltied heel kört un sünner Unkruud un de Kanten weern akkarat mit Spaa ofstoken. Moi Hibiskusbomen un Hortensien stunnen in dat groot Beet un een Nordmann-Dannenboom stunn middent in Rasen.

In hör Gemüstuun harr se Tuffels, Gurken, Snittkohl un grön Bohnen, van de in Harvst een Deel as Snippelbohnen in een Püllpott kwemen. Tomaten harr se an een Mür sett, de in Sünn wunnerbar dragen deen.

Ok bi ´t Eten koken mook hör nüms wat vör, nettsominn as bi ´t Kook backen. Weer all lecker, wat se backen of bruzzeln dee. Se weer een All-round-Froo, as man so seggt. Se weer gau bi de Hand un mook alls allennig.

Hör Mann hett hör ´nmaal mithulpen, avers he mook hör dat nich good genug un dorüm dee se dat lever sülvst.

Inladungen van Familie un Frünn wurrn blot selten annomen, ümdat Selma ja kien Tied harr. Se gung in hör Tuun un hör Huusholl´n heelmaal up. Nettakkraat na de wichtigste Geburtsdagen kweem se hen, anners schaffde se hör Wark nich, meende se.

Un so murk se nich, dat dat eensaam üm hör to weer.

In Winter harr se ok drock Wark, to schummeln un hör Schappen uptorümen. Denn in ´t Vörjahr muss dat all klaar wesen, wenn de Tuunarbeid weer anfangen dee.

* *Klör'n = Farben*

An een Vörmiddag weer se an ´t Fensters putzen, do full de Ledder üm un Selma lagg up Grund. Se murk futt, dat mit hör rechte Hand wat nich up Stee weer. Hör Mann weer ok tofällig in Huus. Up Knejen is se na de Dör henkropen. „Ik bün henfall´n", reep se.

Hör Mann kweem futt un sach dat Spill. „Wi mutten dormit na ´t Krankenhuus," meende he.

„Ja", see se heel nütjes*. „Ok dat noch", doch se blot. Bit dorhen harr se noch noit krank west.

In Krankenhuus wurr de Hand röntgt un dorbi stellde sük rut, dat de Hand broken weer. Een Krankenpfleger leeg hör een Bandage üm. Se dürs weer mit na Huus hengahn un muss veerteihn Daag later weer na ´t Krankenhuus hen to röntgen. Se kunn hör Hand nich bruken. Man se wull dat ok woll laten, dat dee völsto sehr. Se harr d´ Bost vull.

In de eerste Tied harr se bannig völ Pien un muss sük middags henleggen.
Nu muss se Hülp hebben. Överall bi, mit een Hand kann man heel minn utrichten.

Een Froo to putzen muss her; de se ok gau funnen hett. De weer heel flietig un ehrlich. Dat weer hör wichtig.
Hör Haar kunn se nu ok nich wasken of sük allennig duschen.
Eenmaal in Week gung se nu na d´ Frisör; wor se anners blot hengung, üm hör Haar snieden to laten. Dor muss se sük ok henbringen laten.

Hör Mann bruukde noit in Huusholl'n mithelpen, ümdat he ja alls verkehrt maken dee; man nu kunn se hüm good bruken. He dee ok alles för hör. Eten koken kunn he nich, man vandag kann man an völ Steden klaar Eten kopen. Un so gung dat all heel prima.

Hör Familie un Frünn repen faken an, üm sük na hör to erkunnigen un of se Hülp bruken dee.
Hör Nichte froog hör, of se hör bi ´t Duschen helpen sull.
Dor harr se al ´nmaal andocht, avers nich fragen mucht.

* *nütjes = kleinlaut*

Selma kunn hör Bandage ja nich allenig an- un uttrecken. Hör Mann weer to klunterg, meende se.
Un so see se tegen hör: „Wenn du mi helpen wullt, weer ik heel blied!"
Se weer heel vörsichtig un Selma freide sük, dat se maal weer duschen kunn.

Selma´s Hand is nich good worden, se kunn dormit nich mehr so arbeiden as vörher.
Nu doch se doröver na, dat se vörher noit Tied för annern hat harr, de sük so in hör sture Tied üm hör kümmert hebbt. Nu sull dat anners worden.

Hör Mann mook nu de Tuunarbeid, de se nich mehr maken kunn un de Putzfroo kummt eenmaal in Week, üm bi hör to putzen.
Hör Nichte hett se wat Mois to Geburtsdag geven, ümdat se hör ´n paar Maal duscht hett, as se dat nich alleen kunn. Se harr dor nix för hebben wullt.

Selma hett sük total dreiht. Se hett nu ok Tied för Visit.
De Sprök: „Ik hebb kien Tied!" kummt nich mehr över hör Lippen.

Geburtsdag to mien Kinnertied

To mien Kinnertied weern de Geburtsdagen nich so üppig as vandag. Man de weern ok moi.
An mien Geburtsdag dürs ik dree Schoolfründinnen inladen. Denn kwemen noch mien Oma un Opa, de nich bi uns in Huus wohnen deen un een Cousien, de in mien Oller weer.
Van mien Ollen kreeg ik blot een Part un Kleer, de Mama sülvst naihen of stricken dee.

Van mien Oma un Opa kreeg ik een Jahr een rosa Slüpfer, de van binnen anrauht weer un anner Jahr een Unnerrock van dat sülvige Material. Ik much dat absolut nich lieden, avers antrecken muss ik dat doch! To ´n Glück weer dat nich blau. De weern woll warm, man de leten nich moi. Dat weer woll wat för oll Omas, man nich för Kinner!
Van de annern kreeg man ´n Schachtel Pralinen, of blot ´n Tafel Zuckerlaa. Avers dat kregen anner Kinner ok un man weer dormit tofree. Man wüss dat nich anners.

Mien Mama hett för de Kinnergeburtsdag een Tort backt, de heel moi utsach. Boven up de Tort weer Sahn, de ofwechselnd mit Streusel, Boitjes un Zuckerlaaplätzchen verziert weer. In Middent kweem een Preem mit ´n Fahn dran un denn mussen wi mit verbunnen Ogen de Preem dreih´n un wor de Fahn henwiesen dee, dat Stück Tort kreeg man denn.
Dat mook heel völ Spaß. Dorto geev dat warm Kakao; dat muss domaals noch kookt worden. Do geev dat noch kien Nesquick.

Wi hebbt Hinkepink un Verstoppke spölt, Taukespringen of mit Ball´n an Mür smeten. Een Fründin kunn mit dree Ball´n smieten, dat hebb ik noit henkregen.

Dat weer alltied ´n moi Dag. Ik hebb mi dor elke Jahr up freit!

Dat swart Rad

Ilse leeg na een lüttje Slaganfall in ´t Krankenhuus.
An de eerste Dagen kunn se noch nich so richtig proten, man elke Dag gung dat wat beter.
Hör Mann kweem mindestens eenmaal up Dag bi hör.

An een Namiddag gung hör Dochter ok mit. Ilse freide sük dor leep över. Se vertellde hör, dat se dat in disse Krankenhuus wiers good harr.
Up eenmaal see se tegen hör Dochter: „Kannst du mi annermaal dat ....dat swart Rad mitbringen?"
„Du hest ja gor kien swart Rad!", meende hör Dochter.
„Och, nu schei doch ut, dat hest du ja mit mi tosamen utsöcht!"
„Nee, Mama, du hest heel wiers kien swart Rad!"
„Nu vertell mi doch nix, dat hebbt wi doch in Schwarzwald köfft un du weerst dorbi; dat weet ik heel wiers." Ilse wurr dor bold düll bi.
„Un ik weet ok heel wiers, dat ik mit di in Schwarzwald kien swart Rad köfft hebb. Wi weern dor, avers een swart Rad hebbt wi dor nich köfft!"
Up eenmaal deit Ilse hör Been to ´t Bedd ut un seggt: „Dat is mi so doch völs to kold. Ik mutt mien swart Rad hebben!"

De Dochter kummt dor nu achter un seggt: „Du meenst seker dien swart Büx!"
„Dat segg ik doch de heel Tied!"

Luca - Toni

Luca weer de Hund van een Landstrieker, de in d´ Stadt sitt un anner Lü anbedeln deit.
He is een reinrassige Schäferhund, ´n heel besünners moi Hund.
Van sien Herrchen kreeg he nich völ Leevde, dorüm dee he nich mit Steert fideln, wenn sien Baas mit hüm proten dee. He weer blot dor, üm up hüm uptopassen. Avends leeg sien Herrchen in Park up Bank un Luca muss dorför sörgen, dat nüms komen un sien Herrchen griepen dee.

Nu weer Adventstied un ´t wurr all koller.

Eenes Mörgens bleev sien Herrchen dood up Bank liggen. Luca wüss gor nich, wat los weer. He leep allmanweg na hüm hen. Tolesd blekde he so fell, dat Lü stahn bleven. As se sachen, wat passeert weer, hebbt se de Schandarms anropen, de denn ok futt komen sünd.
Luca wiesde hör de Tannen un leet nich an sük rankomen, he wull ja up sien Herrchen uppassen.
Eerst nadeem se hüm ´n Sprütze geven harrn, kunnen se sük üm de Mann kümmern.
De Polizei hett Luca dorna in een Derenheim brocht. Dor satt he nu in sien Huck un weer heel trurig. He dee sien Herrchen vermissen, ok wenn he nich good behannelt worden is. He harr ja anners nüms.

Een van de Schandarms vertellde sien Brör, dat se een Schäferhund na ´t Derenheim brocht harrn. „Een heel besünners moi Hund."

Michael weer neeisgierig up dat Deer. Wenn sien Brör al sowat see, muss dat wat besünners wesen. He gung na dat Derenhuus.
As Michael dat Deer to sehn kreeg, weer he hen un weg.
„De mutt ik hebben!", meende he. As he dichter bi kweem, wiesde Luca hüm de Tannen un knurrde.
„Wat hest du moi Tannen!", see he. Avers Luca leet hüm nich dichter an sük rankomen.

„Kumm man even!", probeerde he dat nochmaal. Man nee, dat leet Luca nich to. Michael dee sien Hand na hüm utstrecken un kweem heel langsam dichter bi. „Du bruukst kien Nood vör mi hebben, ik do di nix!"
Michael gung noch ´n Tree na hüm hen.
Luca paßde good up, wat Michael maken dee. Un he murk, dat disse Mann leev mit hüm weer. „Machst nich even dichter bi mi komen?" Man Luca leet hüm nich ut Ogen.
Michael settde sük up Huukje hen. Nu weer Luca nett so groot he. He streckde sien Hand nochmal ut, ditmaal mit ´n Leckerli. „Is dat wat för di?" Luca kweem dichter, namm heel vörsichtig dat Leckerli un gung weer torügg.
„Magst noch een?" Michael hull hüm noch een hen. He namm de, man dat weer al vertrauter.
„Noch een?" Do fidel he ´n bietje mit Steert. Michael wüss nu, dat dat sien Hund weer.
He froog noch, wo de Hund heten dee, man kieneen wüss dat.
„Ik nöm di Toni." besloot Michael.
Un so wurr ut Luca Toni.

Wat för ´n Dag!

Wi hebben een moi Urlaub in Andalusien maakt, avers de lesde Dag vergeet ik noit. Disse Dag hett mi ´t andoon.
Dat fung al up de Flughafen an. Üm halv dree namiddags wullen wi torügg flegen; na Hambörg hen.
Wi satten al in de Flieger un de flog un flog nich of. Man will ja tolesd ok geern na Huus.

Endliek, mit ´n dreevördel Stünn Verlatern gung dat denn los.
Tegen halv negen Ühr avends kwemen wi in Hambörg an. Nu gau dorhen, wor de Kuffers ankomen. Dat Band leep allmanweg in Runn, man uns Kuffers weern dor nich bi. As dat Band stahnbleev, see man uns, dat all Kuffers ut de Flieger rut weern.
Wi na dat Stee, wor de Lü sük melden mutten, wenn een Kuffer nich ankomen is. De wüssen ok nich, wor de ofbleven weern. Wenn se wat hör'n deen, kregen wi Bescheed, seen se tegen uns.

Sünner Kuffers sünd wi na dat Parkhuus henlopen.
Wi weern mit uns Auto na Hambörg henfahren; to ´n Glück, denn de Zog harr ja nich up uns wacht.
„Haal du dat Auto man, ik bliev hier stahn“, see mien Mann.
Ik wüss dat Parkdeck noch woll, man ik hebb söcht un söcht.
Dat Auto harr ik doch futt vörn henstellt?! Worüm kunn ik dat nu nich weerfinnen?! Man dat Parkhuus is ok groot.

Do sach ik een Froo mit de Information proten; de hör Auto ok nich finnen kunn. Nettakkraat as ik dorhen wull, sach ik uns Auto. As ik up de Schlödel drückde, winkte he mi to. Dat is moi vandag, dat de Lampen angahn, wenn man up de Slödel drückt. Wat weer ik blied!
Nu na de........ Ingang hen kunn ik nich, dat harr ik ja weten musst! De Pielen wiesden na de Utgang hen un de bün ik nafahr´n. Man dor weer mien Mann ja nich.

Mien leve Tied! Nu muss ik hüm söken. Hopenliek is he dor stahnbleven! Man wor weer nu de Ingang?

Ik bün all rümfahr'n, bit ik irgendwor dat Auto henstellen kunn. Dor weer een Parkplatz butenkant van dat Parkhuus, dor hebb ik hüm henstellt. Nu muss ik mien Mann söken. Toeerst bün ik de Riegen nalopen, man tolesd wurr ik all upgeregter. Krüz un quer bün ik dör dat Parkhuus lopen. Un denn is dat groot! Na een laaang Tied hebb ik hüm denn funnen. Gott sei Dank!

„Wor hest du dat Auto denn?", froog he mi.
„Dat hebb ik up een Parkplatz ofstellt. Ik muss ja na de Utgang hen un dor rutfahr'n! Un denn muss ik di söken. Du harrst futt mitkomen sullt!", ik weer in Braß.
„Du weetst, dat ik nich good lopen kann. Wat meenst du denn, wor dat Auto steiht?"
„Ik hebb de up een Parkplatz tegen dat Parkhuus henstellt. Ik löv, dor an de rechte Sied!", see ik.

Wi dor hen. Nu muss he mit, ik wull hüm nich noch eenmaal söken. Man nu kunnen wi dat Auto nich finnen. Nargens weer een Parkplatz an Butenkant.
„Weetst du wiers, dat du dat Auto buten an dat Parkhuus ofstellt hest?"
„Jaaaa!", ik wurr feller. Dat weer doch sien Schuld! Wenn he mitgahn weer, harrn wi dat Problem nich hat. Wi weer torügg.

Ik hebb de Informationsstand söcht. As ik de funnen harr, see ik, dat ik uns Auto nich weerfinnen kunn. Do see de frünnelke Froo in de Leitung: „Dat is gor kien Problem, dat Auto to finnen."
Wat weer ik blied. Nu is de Sökeree doon!

„Könt se mi de Nummer van de Parkschien seggen?"
„Nee, de is doch in Auto!" Ik weer, as vör de Kopp stött.
„O, denn kann ik nix för hör doon!"
O Mann! Wat nu?
„Mutt ik denn nu de Schandarms fragen, of se mien Auto söken", froog ik hör.
Dat weer leep wies, man ik harr genug van ´t Söken.
Een Sett hett se överleggt un do see se tegen mi: „Wachten´s man even. Ik stür hör well."

Wi hebben wacht, man dat dürde un dürde.
Endliek kweem een Mann, de uns froog, wat he för uns doon kunn. Ik hebb hüm vertellt, dat ik mit uns Auto na d´ Utgang henfahr'n bün un hebb denn mien Mann söcht, de bi de Ingang stunn. Un nu könen wi dat Auto nich weerfinnen.

„Wor genau weer dat?", froog he.
„Up een Parkplatz an Butenkant van dat Parkhuus. Dor weer man een Parkplatz."
„Komen s' man achter mi an!", see de frünnelke Mann.
He leep na links, as wenn he wüss, wor dat Auto stunn. Een heel Stück leep he butenkant an dat Parkhuus lang un ...dor stunn uns Auto.
„Is he dat?", froog he mi.
„Ja", kunn ik blot seggen. Ik hebb up de Schlödel drückt un dat Auto knippoogde mi to. Mi full een groot Steen van ´t Hart.
Nu gau na Huus hen.
De Mann hett uns noch de Balken van de Infahrt hooghollen. Wi kwemen ja van verkehrt Kant; dor dürsen wi egentlik nich rutfahr´n.
Ik hebb mi noch bi de nette Mann bedankt un denn sünd wi na Huus henfahr'n.

Mittlerwiel weer dat midden in Nacht. Mien Mann see: „Is ja noch all good gahn!"
Ik hebb nix seggt, de heel tweehunnert Kilometer nich. Ik kunn nix seggen, ik weer d´r so schier mit. Mi sleit sowat futt up Maag; een paar Dagen lang kunn ik nix eten.

De Kuffers sünd twee Daag later komen. De Mann, de de brocht hett, wüss ok nich, wor de in de Tüskentied west weern.
Dat Gode doran is, dat ik dör disse Sökeree twee Kilo ofnomen hebb. Un de wull ik am leevsten ok nich weerhebben.

Man so ´n Daag wull ik ok nich weer beleven, noit nich!

Olli

Mien Ollen hebbt Olli köfft, as ik so ungefähr darteihn Jahr old weer. Egentlik heetde se Ilse. Man ümdat se de ollste Koh weer, hebbt wi alltied Olli seggt. Olli weer een groot Koh mit ´n lang Kopp, dicke runn Hoorns un groot, swart Ogen. Wenn de Kohje in d´ Weid weern un wi hör to ´t Melken repen, leep Olli vöran. Se is futt up Stee de Leitkoh worden. Wenn een anner Koh hör överhalen wull, denn snoov se. Dorbi dreide hör Kopp na achtern, denn leep de anner weer moi achteran.
Steerni versöchde dat allmanweg. De heetde so, ümdat se een witte Bless vör d´ Kopp harr, de utsach as ´n Steern un se kweem van Steern. Steern heet up dütsk Schwerinsdorf. Se heetde egentlik Gerda. Kohje harrn bi uns all Wichternamen.

Olli geev heel völ Melk; mörgens un avends een Emmer vull! Se weer licht to melken un stunn ok still. Dat gifft Kohje, de hau´n mit hör Steert of mit hör Been; man Olli weer heel leev. Wenn se mulken weer, is se weggahn.
In Winter, wenn de Kohje up Stall stunnen, harr Olli de beste Stee. Steerni stunn tegen hör. Steerni weer alltied so ungeduldig un trippelde hen un her. Olli dortegen weer ruhig un dee hör good.

Van mi kreeg Olli ok alltied ´n Schepp Roggmehl mehr as de annern. Se weer mien leevste Koh.
Wenn ik in Stall kweem un „Olli" reep, mook se elke Maal „Mhhhhh" mit hör dunker Stimm!

Ik hebb dat ok de Swegermoder van mien Süster vertellt, de bi uns up Visit weer, de wull mi dat nich löven. Wi Beid sünd in Stall gahn. Ik hebb Olli ropen un Olli see: Mhhhhh! Do hett de blot mit Kopp schüddelt.

Eenmaal in ´t Jahr kregen uns Kohje ok ´n Kalv. De Köhj`n of Köhjkalver hebbt wi hollen, de Bullkalver wurrn verköfft.
Olli hett alltied blot Bullkalver kregen, nich een Nakomer harrn wi van hör.

Un do upmaal wurr uns Olli krank, se harr Krebs.
Hör lesde Dagen dürs se ok bi uns blieven.
As se stürven is, hebb ik heel düchdig rart.

Ik hebb kien Foto van hör, man wenn ik an hör denk, see ik hör vör mi.
De leev Koh mit lang Kopp, runn Hoorns un groot swart Ogen.

Henriette Auguste

Henriette Auguste is een sövenjahrige Wicht. Se is na hör Oma Henriette un hör Opa August nömt un arvt de hör groot Fabrik, wenn se achteihn is.

Se hett alls, wat man sük denken kann. Hör Spölzimmer is bit boven hen vull Spölreev.

In August is se in School komen. Se sitt heel alleen an hör Tafel un traut sük nich, mit de anner Kinner to proten. Se hett ok noch noit mit anner Kinner spölt of spölen dürst. Denn kunn se sük ja fuul maaken un dat weer nix för hör Mama.
Nu, wor se de anner Kinner sücht, de mitnanner spölen, föhlt se sük upmaal eensaam. Se word van hör Schofför na d´ School henfahr'n un weer ofhaalt.

Na een Week proot hör een Wicht ut hör Klasse an un fraggt hör, of se mit hör spölen will. Henriette is dor blied över.
In Huus weer nüms, de se fragen kunn un so see se tegen de Schofför, dat se tegen Avendbrood weer in Huus weer.
As se bi dat Wicht, de Samira heten dee, in Huus kweem, weern dor noch twee lüttjeder Kinner; een Süster un een Brör. De Mama weer ok in Huus.
„Wor slöppst du denn?", froog Henriette hör. „Mien Süster un ik slapen in een Bedd", see Samira tegen hör. „Un wor is dien Spölreev?", froog Henriette.
„Wi hebbt een Pupp mitnanner. Maandag, Middeweek un Freedag dür ik dormit spölen un de anner Dagen mien Süster!"

Tegen Avend is Henriette na Huus hengahn. Se weer blied un trurig togliek. Allmanweg muss se doröver nadenken, wo minn de Familie hör Kinner kopen kunnen, avers trotzdem tofree weern.
Se hett uppaßt, dat se sük nich fuul maken dee un is froh genug na Huus hengahn. Nüms hett ´n Fraag stellt.
Anner Dag is se weer van Samira inladen worden.
Een van hör moiste Puppen hett se in een Püt doon un hett Samira de schunken. Samira wull dat eerst nich annehmen, avers as Henriette see, dat se denn nich mehr weerkomen dee, hett se de Pupp doch nomen. De harr een Prinzessinkleed an un echte blond Haar.

Samira harr Tranen in Ogen, as se de moi Pupp in hör Arms harr. Henriette ok, avers se weer noch blieder, dat se nu een Fründin harr.

Maal Weer

Man, wat hebbt wi maal Weer,
regent allweg slank.
So kriegen wi kien moi Klör,
dit Weer, dat maakt ja krank!

Regen, Regen, Dag för Dag,
wor sall dat noch hen.
Well hett hier mit Petrus Krach?
Man dat seggt kieneen!

Överall is dat nu natt,
´n heel Kleieree.
Man good, dat noch kien Winter is,
anners weer dat Sneei!

Wiehnachten steiht vör de Dör

Wiehnachten steiht vör de Dör!
Wat hebbt wi nu noch all vör?
Wat geev ik de blot för ´n Geschenk,
de alltied ok an mi denn denkt?

Wat mutt ik noch to eten kopen?
Wat sall ik Wiehnachten blot koken ?
De Fragen sünd all Jahr weer dor;
sall ok good word'n, is doch klaar!

Ik löv, dat weer een good Geschenk,
wenn man ok noch an de Lü denkt,
de so alleen in disse Tied
hör Wege gahn. Sünd faak nich wied.

Un överall gifft seker Lü,
de nich völ hebbt un ik denk mi,
wenn man ok dee wat geven deit,
denn is dat wiers för Beid ´n Freid.

Dor bimmelt wat

Dor bimmelt wat de Straten langs,
kling un klang un kling un klang.
Hollt een Slee dor vör de Dör
un een Schimmel snufft dorvör.

Ut de Slee dor vör dat Huus,
stiggt de Sünnerklaas herut.
Dör dat Sneei kummt he dorher.
Och, wat is de Sack so swaar.

An leev Kinner in dat Huus
gifft he lecker Reev herut.
Un kling un klang un kling un klang,
geiht he weer de Straten langs.

Sneeiflockje, Wittrockje

Sneeiflockje, Wittrockje,
wennehr kummst du ansneeit,
du wohnst in de Wulken,
dien Weg is so wied.

Kumm, sett di an ´t Fenster,
mien allerleevste Steern;
maalst Blömen un Bladen,
wi hebbt di so geern.

Sneeiflockje, Wittrockje,
kumm to uns in ´t Tal,
denn bau´n wi een Sneeimann
un smieten de Ball.

Sneeiflockje, Wittrockje

Noch kien Geschenk!

As ik nu an Wiehnacht denk:
Ik hebb noch nich een Geschenk!
Wat wünskt mien Mann sük noch, o Mann!
Dat ik dor nich up komen kann!

Mien Wicht, de wull doch ok....., man wat?
Hebb ´k heel vergeten, weer för d´ Katt.
Man Opa wull Zigarr'n un ´n Piep,
dat is nich stuur, is ja noch Tied.

Vandaag gah ik un koop van alls,
denn hebb ik dat Gedoo van d´ Hals.
Wat sallt to eten denn woll geven?
O leve Tied, wat is ´t ´n Leven!

Dat is so stuur in elke Jahr;
weer ik dor nu man al mit klaar!
Man sull sük kien Geschenk mehr geven,
denn hett man mehr noch van sien Leven.

So maak ik dat in ´t anner Jahr,
segg all'n Bescheed, dat is doch klaar.
Denn hebb ik in de Wiehnachtstied,
kien Sörgen mehr un ok mehr Tied.

Ik hoop, dat mien Familie weet,
wenn ik hör geev disse Bescheed,
dat ik hör leev hebb ohn Geschenk:
O Mann, of dat woll elk bedenkt?

Veer Dagen vör Wiehnachten

19. Dezember:
Hebb güstern mit mien Süster de Wohnung dörflüüst.
Mama weer nett hen to inkopen. Mona kriggt Rullschoh un een Armbanduhr, ik krieg Schiers un een Football.
Ganz anständig van uns Ollen. Wi doon so, as wenn wi dat nich wüssen - wegen de Överraschung, meen ik.
Lesde Mathe-Arbeit weer ´n fiev, avers ik segg dor lever nix van, gifft blot Unroh denn.
Papa hett bi ´t Avendeten weer vertellt, wo dat fröher weer: hett blot ´n Mütz, Mensch-ärgere-dich-nicht un een Hönnkook to Wiehnachten kregen.
Angever!
Mit Mona beraden, wat Mama hebben sall. Papa kriggt een Papierkörv, meent noch, dat wi för hüm wat basteln söl'n, kann he vergeten; wi kopen, wat na völ utsücht, denn is he ok tofree.
He meende, ik kunn hüm ok ´n Freid maken, wenn ik dat Holt moi upstapeln do. He will sük blot dorför drücken. Alltied datsülvige.
Ik much ok geern groot wesen.

20. Dezember:
Weer ´n moi Dag, hebb mit Papa Wiehnachtsboom haalt, dorna dree Stünn in Kroog seten. Hebb ´n halv Hahntje kregen, Sprudel un Kaugummi. Papa hett fiev Beer drunken; hebb mittellt. Sall Mama dat nich seggen. Is ja Ehrensaak!
Muss een lang Gedicht lehr'n, wegen Unkel Paul. De is Pastor, leggt een alltied de Hand up Kopp. Is leep naterg*, hebb lesd Jahr een lüttje christliek Book kregen. Hebb ik an Lukas verklüngelt tegen een Waterpistol.
Wat Mama schenken? Pottlappen hett se al. Moders sünd schwierig to Wiehnachten!

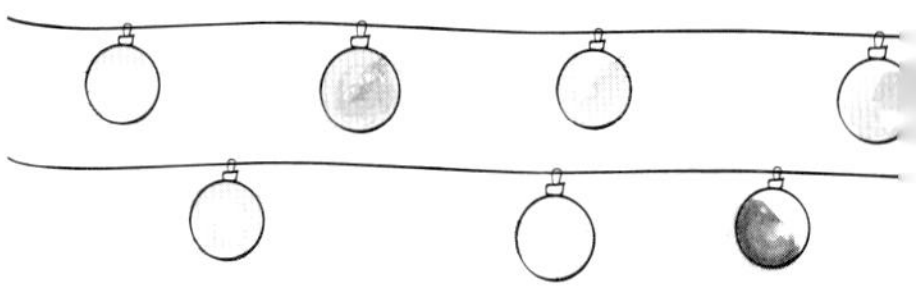

* *naterg = geizig*

21. Dezember:
Van Papa een tegen Ohr´n ankregen, hebb mit Reckscheter up de Krippe schoten, Josef hett Kopp of. Sall van mien Taschengeld een neei Josef kopen. Mist!
In Klassenbook indragen wegen nix.
Wat Mama schenken? Hett dat verdeent, hett mi na de Ohrfeige van Papa een paar van de lecker Wiehnachtskoken tostoppt. Prima Froo!

22. Dezember:
Papa knurrt rüm, Tant Luise hett schreven, will Wiehnachten komen. Hebb blot „Zeeg" verstahn, do mook Mama „schscht", wegen uns! Weten doch, well meent is.

23. Dezember:
Kokjes nascht, bün erwischt worden, man blot van Mama. Papa harr rümbölkt, avers sülvst naschen un denn dat leckerste. Eenmaal heel Schink upeten, dorüm ok so dick. Stöhnt alltied bi Schoh dichtmaken. Will fröher maal Football spölt hebben; Mittelstürmer. Ph! Weer seker Platzwart.
Wat Mama schenken? Hebb blot 4 Euro fievtig. Wenn ik groot bün, kriggt se een Pelzmantel of sowat.

De Aant

Froo Spier gung mit hör veerjahrige Jung kört vör Wiehnachten in een Spölwarenladen. Se wull rutfinnen, wat he sük am leevsten wünsken dee.
De Jung gungen de Ogen över van all dat Spölreev, wat he dor sach.
„Kiek even hier, Mama, wat moi."
Man gau stellde sük rut, dat een Aant hüm dat andoon harr. Een Aant ut heel weeke Plüsch, nettakkraat so groot as een echte Aant.
„Kiek even, de lett nett so as Opa sien Aanten."
Ja, würrelk, de leet as een echte Aant.
„De much ik woll hebben, anners nix", see he. Man he harr al sovöl Plüschderen, een groot Karton vull.

Vör een paar Dagen wull he noch ´n Bagger hebben. Mit völ Hebels dran, wor he so richtig mit baggern kunn. Un dorvör een Zog, de dampen dee. Froo Spier hett hüm een Bagger köfft, as he noch mit de Aant beschäftigt weer. Dor kunn he ok ja mehr mit spölen.
Hör Jung hett nich sehn, wat se köfft hett. Se see blot, se hett wat för de Wiehnachtsmann bestellt un de broch dat an Heilig Avend. He lövde noch an de Wiehnachtsmann.
Heilig Avend: De Jung kunn dat gor nich ofwachten. All seten in Köken binanner, as de Dör open gung un de Wiehnachtsmann rinkweem.
„Hest du ok leev west?", froog he de lüttje Jung.
„Ja", see he blot un keek de grode Mann an.
„Kannst du ok ´n Gedicht upseggen?", froog de Wiehnachtsmann.
Nadeem he sien lüttje Gedicht upseggt harr, geev de Wiehnachtsmann hüm sien Geschenk. He dürs dat ok futt utpacken. Man he mook so ´n bedröft Gesicht, as he de Bagger sach.
„Is dat nich recht?", froog de Wiehnachtsmann.
„Nee, ik much so geern een Aant hebben. So een as Opa hett."
„Avers een Bagger hest du di doch ok wünskt!", see sien Mama.
„Avers ik harr noch lever de Aant. De is so moi week!"
„Du hest doch al so völ Deren!", see sien Mama.
„Avers kien Aant!", meende he trurig.
„Wacht man of, Wiehnachtsmann kummt ok noch bi Oma un Opa", vertröst hüm sien Mama.

Anner Dag gungen se na Oma un Opa hen. Un wat harr de Wiehnachtsmann dor brocht? De Aant.
Oma hett de futt anner Dag köfft. Se wüss, dat hör Enkel sük doröver freien dee.
He hett hör allmanweg drückt. De hele Dag sluurde he mit de Aant dör d´ Gegend.
Disse Aant dürs blot bi hüm in Bedd liggen. All anner Deren mussen drut.

Dat Wichtelgeschenk

Hanka muss för ´t Wichteln een Geschenk besörgen.

De fiev Froolü gungen eenmaal in Sömmer mitnanner hen to Ies eten un üm Wiehnachten rüm deen se Wichteln. Se kwemen ok up hör Geburtsdagen binanner. Ies eten deen se alltied bi „Bruno." Hör Geburtsdag deen se an een anner Dag fier´n. Un Wichteln weer eenmaal bi disse un annermaal bi de.
Ditmaal weer dat bi Hanka.
Dat Geschenk sull ungefähr teihn Euro kosten.
Se up Stapp na hör Koopmann hen; man för dat Geld hett se dor nix funnen.
Nu doch se doran, dat se in hör Ofstellruum boven up een Boord noch een Karton mit Reev stahn harr. Dor kunn wat bi wesen. Dor kweem all dat in, wat se schunken kregen harr un nich lieden much.
„Ik mutt dat ja ok nich unbedingt lieden mögen." Hauptsaak, de anner mag dat lieden.
Do reep hör Fründin Wübke an, of se al een Geschenk besörgt harr.
„Ik bün dorbi", see Hanka.
„Wat hest du denn köfft?", wull Wübke weten.
„Ik hebb noch nix funnen, ik sök noch." Se wull Wübke dat nich up Hals hangen, wat se mook.
„För teihn Euro findt man nich völ!", meende se noch un leeg up.

Do full Hanka een Deel up, wat se ´nmaal van Mareke to Geburtsdag kregen harr. Een Deken mit Elefanten drup. Dat sull völ vörstellen, man de Stoff weer so dünn, dat man dor haast dörkieken kunn. Mareke weer leep sünig, dat wüssen all. Dat se dormit na ´n Geburtsdag gahn much!

Avers för dat Wichteln weer dat ja good genug. Un teihn Euro kunn dat woll weert wesen. Dat weer bestimmt al dree Jahr her, wenn nich veer. Mareke much dat woll nich mehr weten.
Nu muss se ja för Kerstin een Geschenk kopen.

An de eerste Avend na Wiehnachten weer dat Wichteln. Vör Wiehnachten harr nüms mehr Tied hat. Tina harr meent, dat man dat ok noch na Wiehnachten maken kunn.
All hebben hör Geschenk up een groot Tafel leggt, de bisied stunn un hebbt sük hensett.

Dat Wichtelgeschenk